一笑

古龍自署

國際學術研討會

古龍武俠小說 領先時代半世紀

【記者賴素鈴／報導】江湖代有才人出，這廂古龍凋零二十載，那廂今朝懸賞百萬獎新秀，浪淘不盡，唯有武俠熱愛，不隨時間變易，在學術研討會上更見分明。以「一代鬼才：古龍與武俠小說」爲主題，淡江大學第九屆文學與美學國際學術研討會昨起在國家圖書館，展開爲期兩天的議程，紀念武俠小說家古龍逝世二十周年，新生代學者與古龍故舊齊聚一堂，以文論劍話武俠。

日前與淡大中文系教授林保淳共同發表《台灣武俠小說發展史》，武俠小說評論家葉洪生昨天在專題演講中，直批胡適1959年底發表「武俠小說下流論」是「胡說」，學界泰斗的不當發言以及隨即展開的「暴雨專案」，反而促成1960年起台灣武俠新秀的繁興，「武俠小說迷人的地方，恰恰在門道之上。」，葉洪生認定，武俠小說審美四原則在文筆、意構、雜學、原創性，他強調：「武俠小說，是一種『上流美』。」

集多年心血完成《台灣武俠小說發展史》，葉洪生認爲他已爲從十歲起迷上武俠小說的半世紀畫上完美句點，並且宣布他「以後決心退出武俠論壇，封劍退隱江湖」。

雖然葉洪生回顧武俠小說名家此起彼落，套太史公名言「固一世之雄也，而今安在哉？」，認爲這是值得深思的嚴肅課題，昨天意外現身研討會而備受矚目的溫世禮，則爲了紀念同是武俠迷的哥哥溫世仁，推出第一屆「溫世仁武俠小說百萬大賞」，即日起至今年10月3日截止收件，經兩階段評選後於明年12月7日公布首獎得主，預料將會是一場武林新秀的龍虎爭霸戰。

看明日誰領風騷？風雲時代出版社發行人陳曉林眼中的古龍，其實領先他的時代半世紀，以致如今雖然古龍逝世20年，陳曉林認爲大家對古龍的了解仍然有限，預言未來世代更能和古龍的後設風格共鳴。

昨天這場研討會，也凸顯武俠小說作爲一項文學研究門類，仍有待開發學習空間。多位與會者都指出，武俠小說的發表、出版方式和管道具考證難度，學術理論與論文格式的建立待加強。而武俠名家的版權之爭、市場競爭力，也增加出版推廣困難，古龍武俠小說的版權糾紛、司馬翎作品的版權官司也成爲研討會的場外話題。

與

武俠小說

第九屆文學與美
一代鬼
古

古龍兄為人慷慨豪邁、跌蕩自如，變化多端，文如其人，且復多奇氣，惜英年早逝，余與古兄當年交好，且喜讀其書，今既不見其人，又無新作可讀，深自嘆惜。

金庸

一九九六．十．十一．香港

古龍

古龍

真品絕版復刻 5

失魂引

下

古龍 著

古龍真品絕版復刻說明

由於版權限制之故，本專輯「古龍真品絕版復刻」所集六種古龍最早期武俠作品，在台灣已絕版很多年，而本版推出後也不會再印行問世，故稱「絕版復刻」。此版本限量發行，只以饗有緣人。

殘金缺玉，碎鑽散翠，卻可由此透視後來光芒萬丈、膾炙人口的古龍武俠諸名著，其最根柢處的靈氣之源和俠情之始。凡對古龍作品有真正興趣、愛好的讀友，必會收存這個專輯，並可由此看出：當古龍將這些金玉鑽翠串綴起來時，是何等的璀燦奪目？

目錄

第七章　遍地奇人現

管寧和吳布雲兩人都有了三分酒意，此刻揚鞭上道，車馬馳行更急。管寧雖覺自己心中有許多話想對吳布雲一談，但車聲轔轔震耳，他即使說了出來，人家也無法聽到，便只得將這些話悶在肚裡。

北方的冬天之夜，來得特別早，既而暮雲四合，管寧抬首望處，前面暗影幢幢中，似有燈火點點，他知道前面必然是個不小的市鎮，只是他雖然世居京城，卻不知道這小小的市鎮的地名是什麼，更不知道此地距離自己的目的地還有多遠，微一顧盼間，馬車又馳出數丈，只聽「呼」的一聲，夾面而來一片風雪，深沉的夜色中，突地衝出兩匹健馬。

這兩匹馬來勢之急，當真是有如電光一閃，管寧一驚之下，只道又要蹈下方才和這少年吳布雲撞車的覆轍，口中大喝一聲，緊勒馬繩，哪知霎眼之間，這兩匹馬卻已擦身而過，嗒嗒的蹄聲中，遠遠傳來一陣笑罵之聲：「怯小子，怕什麼，爺們不會撞著你的。」

聲音高亢，一口陝晉土音，顯見得又是來自燕趙的武林豪強之士。

管寧微一定神，劍眉微軒，側首道：「吳兄，你可看清方才那兩人長得是什麼樣子？」

哪知目光動處，卻見吳布雲竟深垂著頭，頭上的氈帽邊沿也拉得更低了，聽到管寧的話，頭也不抬，只在鼻孔裡低低哼了一聲，沉聲道：「人家的事，不管為妙。」

管寧不禁為之一愣，不知道這本來豪氣如雲的少年，此刻怎地變得如此忍氣吞聲，呆呆地愣了半晌，車馬又自緩緩前行。

哪知——他們馬車方自前行，夜色中竟又衝出兩匹健馬，這兩匹馬來勢彷彿更急，管寧一帶馬韁，這兩匹馬上的騎士，身手果然亦是矯健無倫，竟又從管寧車側的路隙擦身而過。

在這剎那之間，管寧凝目而望，只見這兩匹馬上的騎士，一身錦緞勁裝，滿臉虬髯，夜色中雖然看不清面目神情，但卻又足夠看出他們的剽悍之色，人馬遠去，卻又傳來他們的怒喝聲。

「你們這是找死嗎？兩輛車並排走在道上，若不是……」

風雪之聲，雖然使得他們怒罵聲漸漸隱沒，但管寧卻已不禁為之大怒，轉過頭去，方待怒罵，哪知目光動處，卻見吳布雲的頭竟彷彿垂得更低，一言不發地帶起韁繩，越過管寧的馬車向前駛去，竟生像是遵命不敢並排而行。

管寧心中既驚且怒，對這少年吳布雲此刻的態度，大大不以為然。

驀地——一陣風雪吹過，前路竟又馳來兩匹健馬，這兩匹馬一左一右，自管寧車側揚鞭而過，夜色之中，只見馬上的騎士，亦是一身華麗錦緞的勁裝，亦是滿臉虬髯，亦是神情剽悍，身手矯健，竟和前行的兩個騎士，像是一個模子裡鑄出來似的。

管寧雖有三分酒意，此刻神志亦不禁為之一清，揚起馬鞭趕了上去，又走到吳布雲車旁，轉過身去，沉聲問道：「吳兄，你可看出這六匹馬走得大有蹊蹺，他們分明是一路而來，卻偏偏要分成三撥而行，而且馬上人的裝束樣子，也都不像是個好人……」

那滔滔而言，自覺自己的江湖歷練，已是大非昔比，一眼之下，即能分辨出事情的蹊蹺來。

哪知他語聲未了，吳布雲突又低低哼了一聲，沉聲說道：「別人的事，少管為妙，閣下難道沒有聽見嗎？」

他仍然低壓著氈帽，頭也不抬，方才那六匹健馬擦身而過，他竟連看都沒有看一眼，人家的怒罵，他也像是根本沒有聽見。

而此刻，他又對管寧說出這種話來，語氣彷彿甚為焦躁不安。管寧聽了，心中既是難受，又是憤怒，呆呆地發了一會兒愣，卻聽吳布雲似乎在自語著道：「怎麼只有六騎……還有兩人……唉……」

踏雪聲、車輪聲，使得他的語氣根本聽得不甚清，然而他這種人，竟有異於常態的神情舉止，卻又使得管寧大感驚奇，心中暗地尋思：「難道他知道方才這六騎的來歷？難道他不願見到他們？難道這六騎是他的仇家？可是……可是他方才自語著的話，又是什麼意思呢？」

他想來想去，也得不到解答，心中暗歎一聲，又自暗忖：「此人與我萍水相逢，我又何苦如此費心猜測他的事？唉！我自己的事已經足夠煩惱了，但是……此人的來歷，倒確有些奇怪，我看他和我一樣，心中也必定有著一些難以化解的心事。」

思忖之間，他們兩輛大車，都已踏上這小小的市鎮間一條青石鋪成的街道，此刻辰光雖不甚晚，但這小鎮早市已收，行人很少，道旁的店鋪，都已收店，只有一間酒鋪中，還不時散發出酒香熱氣，和一陣陣的喧嘩笑語之聲，為這已將躲於死寂的小鎮，添了幾分生氣。

兩人心中各有心事，誰也沒有說話，眼看已將走到街的盡頭，吳布雲突地轉身道：「今夜大概已趕不到妙峰山了，就算能夠趕到……」

他突然住口不言，長歎一聲，接道：「我們在這裡歇息一夜，好嗎？」

他此刻語氣又變得極為平靜，雖然對管寧已不再稱呼「閣下」「兄台」，但卻顯得甚為親近。管寧展顏一笑道：「悉聽尊意。」

卻見吳布雲倏地勒住韁繩，躍下了車，向路旁一個行人低聲詢問了幾句，又自上車前行，一面回頭過來，朗聲道：「這王平口鎮上一共只有一間客棧，就在前面不遠。」

管寧「哦」了一聲，心中才恍然知道這個小小的市鎮便是王平口。

「到了王平口，妙峰山就不會太遠了。」他精神一振，抬目望去，前面轉角處一道白粉牆，牆上寫的四個大字，果然就是「安平客棧」。

客棧中自然還是有燈光——但是大門卻已關了，這麼早關門的客棧，管寧還是第一次見到，眉頭微皺，躍下馬車，轉身說道：「我們敲門。」

吳布雲似乎又躊躇了半晌，但管寧此刻卻已砰砰敲起門來。此次他重入江湖，心中早已決定，自己若不將一些困擾都全部化解，自己便不再回家，因之他滿心之中，俱是沸騰的熱血，飛揚的豪氣，正準備用這熱血和豪氣，在江湖中闖蕩闖蕩，做一番事業出來。這種心境自和他上次出來遊歷時的心情大不相同，因之他此刻的行事，便也和昔日迥然而異。

他拍門的聲音很響，但客棧中卻久久沒有應聲，他心中一動，暗道：「難道這客棧中也出了什麼事不成？」

要知道他這些日子以來，所遇之事，件件俱是超於常軌之外，是以他此刻對人對事的想法，便也不依常軌。

哪知——他方自動念之間，一個一面揉著眼睛的店小二，彷彿剛剛睡醒的樣子，打開了大門，口中嘟囔道：「客官，那麼晚，外面可冷咧！您快趕著車進來吧！」

這睡眼惺忪的店小二，這一成不變的老套話，將管寧心中一些不安的想法全都擊破，他不禁暗笑自己的大驚小怪，趕著車進了門，客棧的大門永遠是那麼寬闊，他可以毫不費事地將大車趕進去，轉身一望，吳步雲卻仍站在門外，似乎在想著什麼心事。

等到吳布雲緩緩將大車趕進去的時候，那店小二卻似已露出不耐煩的神色，不住地催促著道：「外面這麼冷，兩位車裡要是有人，就請下車，要是有貨，也請拿下來，這裡的房子保證寬敞，兩位要是——」

吳布雲冷冷一哼，道：「你先帶我們看看房，車裡面沒有人也沒有貨。」

店小二長長「哦」了一聲，管寧心中一動，暗忖道：「還是他做事仔細。」

跟著店小二三轉二轉，卻見這家客棧的每一個房間，都是門窗緊閉，全無燈火，不知是沒有人住，抑或是裡面的人都已睡著了，只見吳布雲滿面提防之色，跟著他一直走到最後的一間跨院，管寧暗中一笑，忖道：「原來此人遇事也和我一樣，有些大驚小怪。想這小小的鄉村客棧中，又會有什麼事值得他如此提防？」

一腳跨進院子，這院子裡的客房裡面，燈火卻竟是亮著的，映得這小小的院落一片昏黃。

走上台階，他抖落滿身的雪花，吳布雲卻已筆直地推門走了進去，管寧目光一轉，卻見店小二滿面的睡態，此刻竟已變成一臉詭笑地望著自己，管寧心頭不禁為之一跳，只覺得那店小二在身後一推自己的肩膀，冷冷喝道：「朋友你也進去。」

管寧一驚之下，已知道自己今日又遇著非常之事了，斜著身子衝進房間，只聽得一個低沉混濁的聲音冷冷說道：「好得很，好得很，又來了兩隻肥羊。」

管寧劍眉一軒，抬目望去，房中迎面一張八仙桌上，並排放著三支蠟燭，桌上放著幾柄雪亮的刀劍，被燭火映得閃閃發光。

桌旁有五個反穿皮衣的彪形大漢，這低沉混濁的語聲，就是從其中一個面帶刀疤、敞開皮領的漢子口中說出的。

這景象一入管寧之目，他陡然省悟：「這是打劫。」

轉目望去，只見吳布雲竟仍低著頭，一言不發地站在門邊，而房門兩側，也一邊一個站著兩個手持利刃的漢子，目光眈眈地望著自己。轉目再一望，房中靠牆的椅上，一排坐著三個穿著皮襖的肥胖商人，滿面驚懼之色，身上也似在不住顫抖，抖得連他們身下坐著的椅子都簌簌地動了起來。

這三個不住顫抖著的肥胖商人旁邊，是一個其瘦無比的瘦小漢子，站在這些肥胖的商人旁邊，兩相對比，管寧只覺此人之瘦，實在瘦得生平未睹，再加上他穿著的一身黑緞衣衫，一眼看去，更覺此人猥瑣無比，他一動也不動地坐在椅子上，抬頭淡淡看管寧一眼，便又垂下頭去，就生像是一隻靜待人家宰割的黑色羔羊。

管寧目光從這瘦人身上移開，眼前卻突然一亮。在這瘦子身側的一張茶几另一邊，竟坐著一個滿身羅衣的少婦，頭上竟梳的是一絲不亂的「菩薩幔」，髮分三疊，最下的一疊，像一片蟬翼般，緊緊貼在她那瑩白如玉的粉頸上，第二疊卻在她耳後那一雙明珠耳環稍高的地方，左右分挺出兩片圓而小巧的翼。

第三疊自然是在第二疊的上面，亦作圓形，也是從左右兩邊斜展出去，若從身後望去，便彷彿是一隻四翅的蜻蜓。但管寧此刻站在她身前，卻覺得有如仙子頭上的雲霓，加上她滿頭的珠翠、青山般的黛眉、秋水般的明目，其美豔簡直是不可方物。

管寧再也想不到此時此地會見著如此人物，目光呆呆地凝注半晌，這少婦秋波一轉，輕輕從管寧面上飄過，又自顰眉垂目，然而管寧卻已心頭一熱，只覺這少婦目光之中，有一種無法描敘的感覺，趕緊避開目光，連她身後的小環都不敢側首再看一眼。

對面的牆角，卻坐著兩個華服錦衣的老者，每一人手中拿著一杆煙管，煙管翠綠，竟似是翠玉所製，這兩個老人面無表情，動也不動地坐在椅上，讓人無法猜透他們的心意。

老人身側，卻是一個遊方的和尚。和尚穿著一襲破舊的灰布袈裟，雙掌合十，垂首而坐。滿屋之中，只有這方外之人，似乎因為自己身無長物，不怕人家打劫，是以神色也最是鎮靜。

管寧目光在屋中一掃，雖然他目光移動得很慢，但也不過是剎那間事。

先前發話的那彪形大漢，銳利的目光，冷冷在管寧身上轉了兩轉，冷哼一聲，粗魯地又道：「羊雖是羊，可是不肥，倒害得爺們為你白耽誤了些時間。」砰地一拍桌子，長身站了起來。

管寧雖早已覺得此人身材極為彪壯，他這一長身而起，卻仍不禁為之暗吃一驚，此人身材之高大，仍自嚇人，管寧在友朋輩中，素有長人之譽，但與此人一比，卻仍矮得太多，但是此人打在桌上的這一掌，聲音雖重，卻不驚人，管寧目光微睨，偷偷又望了吳布雲一眼，卻見他頭竟越發垂得低了，一點也沒有要反抗的樣子，心中不禁大奇：「難道我們也要被這班強盜欺侮一番不成？」

要知道他此刻早已躍躍欲試，想憑著自己的身手，將這班強盜趕走，救一救房中這些束手就縛，毫無反抗的「肥羊」，見了這滿身羅衣，滿頭珠翠，楚楚動人的少婦，心中更是大生豪氣，縱然他武功不及這些強盜，也會拚上一拚。

但是吳布雲此刻的情態，卻又使他大生驚疑之心，微一遲疑間，這彪形大漢又自厲聲喝道：「兄弟深夜之中，把朋友們叫到這裡來，為的是什麼

——嘿嘿，我想朋友也都是瞎子吃雲吞，肚子裡早有數了。」

他賣弄了這麼一句自認為極為風趣的話，像是極為得意，濃眉一揚，仰天大笑幾聲，笑聲突地一頓，目光一轉，坐在他身側的兩個漢子，立刻隨之大笑了起來。這彪形大漢冷冷一哼，又道：「光棍眼裡不揉沙子，兄弟自問兩眼不瞎，一見了各位，就知道各位都不是窮人，嘿嘿——非但不是窮人，而且還都是大大的闊人，因此兄弟也不惜冒很大的風險，在這王平口鎮上，嘿嘿……哈哈，兄弟一向很聽從聖人的話，知道良機萬不可失，像各位這種身分，這麼有錢的闊人，今天竟都會住在這小小的王平口鎮上這間破落廟一樣的客棧裡，實在是老天爺要幫我鐵金剛的忙，要我鐵金剛發財，兄弟我怎能辜負老天爺的一番盛意呢？」

他一口氣說到這裡，越說越覺得意，「砰」地一拍桌子，又自仰天大笑起來，這一次站在門口的兩條漢子，坐在桌旁的四條大漢，也都立刻隨聲大笑了起來。

管寧見了，心中又是氣惱，卻又有些好笑，手肘微屈，偷偷在吳布雲肋下一撞，哪知吳布雲卻生像是沒有感覺到，仍自垂首而立。

這彪形大漢名副其實的「鐵金剛」，濃眉一揚，大笑著又道：「各位在這房子裡一共有十多個人，而兄弟們也只來了十多個人，在這房子裡的，卻只有六個，兄弟我鐵金剛的名頭在兩河一帶，雖然是響噹噹的，亮閃閃的，可是——嘿嘿——哈哈，各位卻不一定知道，那麼各位就會……」

他說到這裡，管寧耳畔，突地響起吳布雲極為低沉輕微的語聲：「不要亂動，這裡全是……」

吳布雲的話說到這裡，也立刻住口，仍然垂著頭，動也不動地站著。

管寧心中更加驚疑，愣了一會兒，只見這「鐵金剛」還在說道：「因此兄弟現在就露一手給各位看看，也叫各位雖然破財，心裡卻不會覺得太冤枉，嘿嘿——我鐵金剛做事，一向漂亮，雖然現在就可以動手，但是——哈哈，卻還是要叫各位舒服些。」

語聲一頓，這志得意滿的彪形大漢，突地伸手抄起桌上一柄折鐵快刀，手腕一抖，刀光點點，「唰」的一聲，向桌上並排放著的三支蠟燭削去，刀光一閃，宛如厲電，燭光一搖，仍然明亮，只見「鐵金剛」手中的這口快刀，竟停留在桌旁的一個大漢咽喉之前不到三寸之處，刀光猶在不住顫動。

管寧心頭一凜，暗道：「草莽中果然不少好漢，這漢子雖然魯莽，刀法卻端的驚人。」

轉目望去，四座之人，顫抖的仍在顫抖，垂目的仍然垂目，合十的仍然合十，誰也沒有動一動，而這「鐵金剛」卻又哈哈笑道：「各位都是有錢人，大概不會知道兄弟這一手刀法的好處，可是——」

他目光一轉，在身側的那些漢子身上一掃，又道：「兄弟們，你們可都是練過三天把式，你們總該知道哥哥我這一手刀法的好處吧！」

語聲方了，那些大漢立刻轟然道：「高，真高，大哥這一手刀法真高。」

一個漢子輕輕站了起來，輕輕伸出手掌，用食中二指，輕輕將面前的蠟燭一夾——這根蠟燭竟已斷作兩截。

「鐵金剛」哈哈大笑幾聲，那漢子將拿起的半截蠟燭，將斷處用火一燒，又輕輕放了上去，再拿起另兩截蠟燭，燒了燒，接了上去，方自一拍巴掌，大笑著道：「一刀砍斷蠟燭，這可不難，我馬老二都能做到，可是一刀砍斷蠟燭後，燭光不滅，蠟燭不倒，這分巧，這分快——嘿嘿，叫我馬老二再練上十年，呀，可也辦不到了。」

他一面搖首，一面稱讚，管寧卻在心中暗笑一聲，忖道：「此人姓馬，對拍馬屁一道的功夫倒的確不錯。」一面卻暗道：「只是這『鐵金剛』的刀法確也驚人，我只怕亦非此人敵手呢！」

要知道管寧此刻根本不知道自己武功的深淺，是以難免生出此想，只見這馬老二語聲一頓，那「鐵金剛」突地手腕一揚，刀光又是一閃，「噗」的一聲，他手中的折鐵快刀竟然脫手飛出，不偏不倚地插在房中的屋樑上。

「鐵金剛」又是仰天一陣狂笑，那馬老二立刻大聲道：「就憑我們大哥『神刀手鐵金剛』這手玩意，叫各位花點銀子，總不冤枉吧！」

管寧目光一轉，屋中的人，神態仍無變化，只有那三個商人，身上的肥肉，彷彿抖得更厲害了。

「鐵金剛」仰天大笑了幾聲，笑聲又自一頓，突地冷冷說道：「天氣如此寒冷，各位早些將銀子拿出來，也該去睡覺了。」

目光轉向那羅衣少婦，語氣之中，更加了三分輕薄之意，又道：「尤其是這位娘子，生得如此嬌嫩，若被凍壞了身子——嘿嘿——哈哈，我『鐵金剛』可是賠不起的。」

羅衣少婦顰眉閉目，螓首微垂，連耳上的珠環，都沒有動一下。她身後的青衣小環，柳眉卻似微微一揚，但目光一轉，卻也垂下頭去，依然站在這少婦身側，亦是弱不禁風之態。

她神情間的這微一變化，卻恰巧被管寧看在眼裡，他心中不禁為之一動。只見「鐵金剛」笑聲未絕，大步走了出來，轉目四望，大笑又道：「各位不是有錢人，也是個大大的好人，兄弟今宵無事，各位卻給兄弟消遣了這樣久，兄弟此刻再不動手，可真有點不像話了。」

這三個肥胖商人，抖得更是厲害，頭也垂得更低，哪裡還答得出話來？

「鐵金剛」面上神情，突地一凜，滿是森寒之意，剎那之間，還滿面笑容的「鐵金剛」竟變成滿面殺意，緩緩地又接道：「可是你們帶來的三口箱子，裡面卻只有些衣服，你們的銀子，想必都是帶在身上的了。」

三個肥胖商人仍然垂著頭，「鐵金剛」濃眉一揚，突地一把將當中一人筆直地拉了起來，另一隻蒲扇般的巨掌，在他全身上下一搜，突地哈哈一笑，從這已被嚇得滿面土色的商人腰畔，解下一條寬約半尺的皮帶，一面笑道：「原來都在這裡！」

將皮帶解開一看，皮帶的夾層之中，果然俱是成疊的銀票。

他狂笑著手腕一震，這肥胖的商人，像是渾身上下都再也沒有一絲力氣，「噗」地倒在椅上。馬老二早已跟住上前，接著皮帶，放在桌上。「鐵金剛」冷笑一聲，道：「你們兩位難道還要兄弟親自動手嗎？」

管寧動也不動地站在門前，心中卻是大為不安，先前吳布雲在他身旁說的那句話，使得他直到此刻還未有所動作。

此刻，他心中卻不禁又是不平，又是焦急，又是驚疑，暗暗驚道：「這吳布雲年紀雖輕，卻並非膽小畏事之人，他此刻如此做法，到底是何用意呢？這『鐵金剛』如此跋扈驕橫，我真該和他拚上一拚，看他如此對待人家，他若對那女子亦是無禮，又待如何？何況——我懷中尚有那本秘笈，又怎能被他搜去！」

他越想越覺自己不應再袖手而觀，目光抬處，卻見吳布雲此刻竟已退到門角，垂首而立，「鐵金剛」卻已將另兩個肥胖商人的錢袋，拿了過來，放在台上，轉身走到那黑衣瘦漢的身前，伸手一摸他身上的衣衫，口中「嘻」的一聲，搖首歎道：「兄弟身上穿著的這件衣服，料子可真不錯呀！兄弟一生之中，從來沒有穿過這種衣服——」

又自搖首歎道：「可惜太小了一些！太小了些——」

目光突又一凜，沉聲說道：「只是兄台的行囊之中，已有不少銀子，那麼兄台的身上，只怕也少不了有些值錢的東西吧？」

這黑衣瘦漢長身而起，目光在四下緩緩轉動一遍，嘴角竟然露出一絲像是充滿譏嘲之意的笑容，一言不發地走到那張八仙桌旁，從懷中掏出一個翠綠的翡翠鼻煙壺、數張銀票、幾錠金元寶，輕輕放到桌上，轉身走回自己的座位，一言不發又坐了回去，閉目養起神來。

見了他這種神態，「鐵金剛」竟不禁為之愣了一愣，拿起那鼻煙壺摩挲半晌，口中又自嘻嘻稱讚著道：「真是好東西，好東西，就憑這就值千把兩銀子。」

語聲一頓，又狂笑起來，大聲道：「弟兄們，我早就知道今天這筆買賣不小，你們看著吧，還有值錢的東西在後面呢。」

大步走到那羅衣少婦身前——那羅衣少婦身軀微微一動，向後一退，頭上環佩「叮噹」一響，這高貴美麗的少婦，身形就只這微微一動，姿態之美，足以眩人心目。

剎那之間，管寧心中熱血沸騰，只覺自己無論如何也不該眼看著這樣一個婦人，受到如此粗俗的莽漢凌辱。

他劍眉微軒，便待不顧一切地衝上前去，哪知身後衣角突地被人一拉，耳際又響起吳布雲輕微而低沉的聲音，說道：「莫動！」

他腳步輕輕移動一下，終於頓住，只覺那羅衣少婦的秋波，似乎輕輕向自己一掃，他面孔一紅，自覺自己如此畏縮，實在不是大丈夫的行徑，心中大生羞慚之感，便也緩緩垂下頭去。

哪知——突地響起一個嬌美無比的聲音，一字一字地緩緩說道：「你要幹什麼？」

管寧大奇之下，忍不住抬首望去。只見這羅衣少婦，已自抬起頭來，面對那有如巨無霸一般的「鐵金剛」，緩緩又說道：「你要幹什麼？」

她一連問了兩句，只問得這「鐵金剛」呆呆地愣住了，似乎說不出話來，過了半晌，方自哈哈數聲大笑道：「小娘子，我要幹什麼，你難道不知道嗎？」

馬老二雙手一拍兩股，聳著雙肩走了過來，笑著道：「我們大哥要的是什麼？你難道不知道嗎？不過——嘻嘻，你要是……要是……嘻嘻，我們大哥不但不要你的珠寶銀子，也許還要送你兩個也未可知，我們大哥可是有名的慷慨呀，你要是不信，嘻，去問問北京城裡的小金黛就知道。」

這馬老二滿臉諂笑，滿嘴粗話，管寧劍眉一軒，心中大怒，卻見那羅衣少婦抬著頭，一張宜喜宜嗔的嬌面上，神色絲毫未變，伸出春蔥欲折的一隻纖纖玉手，輕輕一攏鬢髮，又道：「這話是真的呢？還是假的？」

「鐵金剛」又為之一愣，方自哈哈笑道：「當然是真的，誰還騙你不成？」

羅衣少婦突地掩口噗哧一笑，笑得頭上環佩叮噹作響。

「鐵金剛」呆呆地望著她，忍不住大聲道：「小娘子，你笑些什麼？」

羅衣少婦笑聲未住，嬌聲說道：「我笑的是你！」

這少婦美如天仙，笑得更是令人目眩心蕩，這「鐵金剛」出身草莽，幾曾見過如此美貌的婦人？幾曾聽過如此嬌美的笑聲？不知不覺，竟看得呆了，先前那種剽悍跋扈樣子，此刻竟已蕩然無存，目光呆呆望著這少婦，緩緩道：「你笑的是我？我又有什麼可笑？」

管寧見著他這種神態，心中直是哭笑不得，轉目望去，房中各人，除了那些彪形大漢目光俱都癡癡地望在這羅衣少婦身上之外，別的人仍然是先前的神態，動也不動一下，他心中不禁更加奇怪，知道自己今日又遇著了一件奇事。

只見這羅衣少婦笑聲一斂，緩緩放下玉掌，嬌聲又道：「我笑的是為了你實在太笨，既想要錢，還想要人，可是你知不知道，你自己呀，最多最多也只能再活一個時辰了。現在你要是聽我的話，對這屋裡的每一個人恭恭敬敬地磕上三個頭，然後乖乖地爬出去，也許還能保住一條小命，否則……」

她又只嬌笑一聲，中止了自己的話，「鐵金剛」面色一變，倒退一步，大喝道：「你說的是什麼？」

管寧心中一動，卻見這羅衣少婦又自垂下頭去，再也不望那「鐵金剛」一眼，而「鐵金剛」的一雙虎目瞬也不瞬地望在她身上，一雙巨掌，一開一闔，掌上指節，格格作響。

這高大雄偉的「神刀手鐵金剛」，被少婦的輕輕幾句話，說得像是呆子似的呆了許久，方又大聲狂笑，大聲道：「好好，我倒要看看我『鐵金剛』今日是怎麼死法，可是我就算要死了，也得先把你和水吞到肚子裡。」

手掌一伸，骨節又是一陣咯咯聲響，他竟伸出一雙巨掌，筆直地向這羅衣少婦抓去。

管寧心頭一跳，卻見這少婦頭也不抬，卻又噗哧一笑，緩緩道：「你要是再不出手，眼看我一位婦道人家被人欺負，我可就要罵你了。」

管寧心中又是一跳。

「難道她說的是我？」

當下心胸又是一陣激蕩，卻見這「鐵金剛」突地虎吼一聲，雙臂一揚，目光一轉，大喝道：「是誰？是誰？難道這裡還有什麼高人？」

走到那黑衣瘦漢面前，大喝道：「是你？」

張口「呸」地一口濃痰，吐在這黑衣瘦漢腳前，罵道：「你配？」

黑衣瘦漢閉目養神，生像是根本沒有聽到他的話似的。

「鐵金剛」一個虎跳，轉身來到對面坐著的兩個華服老人身前，上下望望兩眼，又大喝道：「是你？」

這兩個華服老人垂著頭，亦是無動於衷。「鐵金剛」又是「呸」地吐出了一口痰，一面大罵：「老不死的！」

又自猛一轉身，撲到那三個肥胖商人的面前，大罵道：「三隻豬！」張口一口痰，竟自吐到當中一個商人身上的錦衣之上，便又轉身一撲，筆直地躍到管寧面前，目光像利剪般地在管寧身上一掃，突地一把拉著管寧的衣襟，大罵道：「難道是你，是你這小兔崽子？就憑你也能把我『鐵金剛』弄死，哈哈——哈哈——」

一時之間，管寧只覺心中熱血上湧，再也顧不得一切，方待出手。

哪知——那羅衣少婦突又咯咯嬌笑起來，緩緩地說道：「我從一數到十，你要是還不死，我就隨便你怎麼樣！」

「鐵金剛」大喝一聲，放開管寧的衣襟，像個瘋子似的，撲到這少婦身前道：「你數數看！」

羅衣少婦淡淡一笑，輕輕說道：「一！」緩緩一掠雲鬢：「二！」放下玉掌，一理衣襟：「三！」

她笑聲嬌美，語聲清麗，然而聽到管寧耳裡，卻不知怎地，連管寧心中，都起了一陣難以描述的悚慄之感，忍不住激靈靈地打了一個寒噤。

「鐵金剛」更是面色灰白，連退三步，退到桌旁，那羅衣少婦卻已輕輕一笑，含笑說道：「四！」

「鐵金剛」突地大喝一聲，轉身抄起桌上的一柄長劍，劈空一劍，大喝道：「你數到十，我若還是未死，我便要將這房子裡的人個個殺光！」

羅衣少婦嬌笑著道：「你要是安安穩穩地坐在椅上，也許我數到『十』的時候，你還能剩下一口氣，可是你要還是像瘋子似的這樣暴跳如雷的話，只怕我還沒有數到『十』，你已經要倒在地上了。」

她說話的聲音仍然如此嬌美，「鐵金剛」大喝一聲，怒罵道：「你要是再說一句，我就先把你一劍殺死，那時你就莫怪我『鐵金剛』沒有憐香惜玉之心——」

羅衣少婦仍然嬌笑著道：「你先解開衣裳看看——」

噗哧又是一笑，輕輕道：「五！」

「鐵金剛」面色一變，一手握劍，卻用另一隻蒲扇般的巨掌，一把撕開自己的衣襟——燈光之下，只見這滿身虬筋糾結，有如銅澆鐵鑄般的「鐵金剛」的下腹前，一片銅色肌膚之上，竟整整齊齊地印著一大一小，一深一淺，一黑一紫，兩個深入肌膚的掌印。

管寧目光動處，再也忍不住心中驚異之情，竟脫口驚呼一聲，他無法想像這兩個掌印是何時印上。

轉目望去，吳布雲卻仍垂著頭，無動於衷，生像是這一切事的發生，都早已在他的意料之中。

而那些肥胖商人、黑衣瘦漢、華服老人、枯瘦僧人，此刻竟也仍然木無表情。那些彪形大漢，一個個面如土色，「鐵金剛」俯身望到自己身上的掌印，更是驚得如受雷擊。

只聽到這房間裡的粗重呼吸之聲，此起彼落。

突地——那羅衣少婦又自輕輕一笑，劃破這沉重的空氣，她竟又笑著說出：「六！」

嗆啷一聲，「鐵金剛」手中的長劍，落到地上，他有如金剛般的身形，也開始搖搖欲墜，口中喃喃低語道：「黑煞手……黑煞手！紫手印……」

羅衣少婦一雙秋波，含笑望著這驚魂欲絕的「鐵金剛」，口中笑道：

「七！」

「鐵金剛」一手扶著桌沿，一手按著胸腹，面上神色，倏青倏白，在這搖搖燭火中，難看已極，他掙扎著大喝一聲，厲聲道：「是誰？是誰？我『鐵金剛』有眼無珠，不識高人……」

他走到管寧身前，聲音已變得有如梟鳥夜啼般淒厲，慘呼著道：「難道是你？是不是你？」

噗的一聲，龐大的身形，推金山，倒玉柱，跌倒在管寧面前。

管寧雖對這「鐵金剛」大有惡感，此刻亦不禁為之悚然動容，呆呆地愣在當地，卻說不出話來，耳畔只聽得那羅衣少婦又自緩緩道：「你不要再問是誰了，反正這屋中之人，倒有大半以上可以在舉手之間，置你於死地的——」

秋波一轉，在肥胖商人、黑衣瘦漢、華服老人、枯瘦僧人，及管寧、吳布雲身上一掃而過，又笑道：「你說是嗎？」

管寧只覺心頭一凜，忍不住又激靈靈打了個寒戰，只見那些先前飛揚跋扈的彪形大漢，此刻一個個面如土色，呆如木雞地站在桌旁，望著在地上不住呻吟的「鐵金剛」。剎那之間，管寧心中突地大生惻隱之心，對那羅衣少婦的如此冷酷，也不禁大起反感，他先前也想不到這樣高貴嬌美的少婦，竟會有這樣一副比鐵還硬的心腸。

突地——屋角響起一聲清朗無比的佛號：「阿彌陀佛！」接著一陣微風，燭火一搖，窗格一響，身影一花，那羅衣少婦又自咯咯笑道：「想不到昔年一指殲八寇、單掌會群魔的少林神僧無珠大師，此刻心腸也變得如此慈悲了，竟連個死人都不敢看！」

地上掙扎呻吟的「鐵金剛」突地低吼一聲，緩緩爬起，連連道：「在哪裡……無珠大師在哪裡？」

轉目望處，那兩個華服老人，手持旱煙，仍在垂目而坐。他們身側的枯瘦僧人，卻已在方才那微風一過、燭光一搖、窗格一響的時候，飄然掠出了這間充滿血腥殺氣的屋子。

管寧手掌一緊，緊緊握著拳頭，他又一次經歷到一件奇事，而此事的發生，卻是他身歷其境的，此刻他心中既是驚異，卻又羞慚。直到此刻，他才知道吳布雲為什麼阻止自己出手的意思，因為他此刻已知道這屋中，他原來看成是束手就縛、毫無抗拒之力的人，卻都有著驚世駭俗的身手，令他奇怪的卻是：「這些武林高人怎會聚到一處，又為何大家都諱莫如深？吳布雲既然認得他們，卻又為何一直低垂著頭，不敢說話？」

他呆呆地思忖了半晌，只見這「鐵金剛」掙扎著爬起一半的身形，又噗的一聲倒在地上，微微呻吟兩聲，雙腿一蹬，再無聲息。

那些穿著皮衣的彪形大漢各自驚歎一聲，面上神色，亦自變得有如厲鬼般難看，而就在這剎那之間，羅衣少婦微啟櫻唇，說道：「八！」

一陣風雪，從方才被少林三珠之一無珠大師掌風揮開的窗戶中吹了起來。然後，燭火飄搖，左面的一雙蠟燭火焰向外一倒，終於熄了。

管寧雖然素來膽氣甚豪，但此刻放眼而望，只覺這間廳房之中，處處俱都瀰漫著淒清幽森之意，忍不住又打了個寒噤，向後倒退兩步，緊緊站到吳布雲身側。只見那羅衣少婦突地一掠雲鬢，婀婀婷婷地站了起來，走到桌旁，拿起那三條內中滿是巨額銀票的皮帶，回眸一笑，道：「褚氏三傑，這些銀子，你們難道真的不要了嗎？」

她「褚氏三傑」四字方一出口，管寧心中不禁一驚：「難道這三個肥胖的商人，正是稱雄武林的草莽英豪呀——這三人的偽裝本領的確高強，看他們方才那種顫抖害怕的樣子，誰都會以為是真的！」

這念頭在他心中一閃而過，而就在羅衣少婦話聲方起，猶未說完的那一剎那，他卻又聽得吳布雲在他耳畔輕輕說道：「明日午前，妙峰山外，毛家老店相會！」

他又為之一驚，轉目望處，吳布雲仍然低垂著頭，再也不看他一眼。

他無法明瞭吳布雲這句話的含義，卻隱約地猜到在這廳房之中，一定有吳布雲不願見到的人，是以他才一直不敢抬頭。「但這人是誰呢？竟使得這豪強的少年如此懼怕於他！」

這間鄉村客棧中的廳房本不甚大，然在這並不甚大的廳房中發生之事，卻時時刻刻有變化。就在管寧心中忖度之間，那三個肥胖的商人對望一眼，突地一齊站起身來，向那羅衣少婦躬身一揖，其中一個身量最高，也最為肥胖，穿著一身紫緞長袍，袍上沾有方才鐵金剛一口濃痰的商人，誠惶誠恐地說道：「夫人只怕認錯了吧！小的們並不姓褚，更稱不上是什麼三傑，至於——至於這些銀子，是小的辛辛苦苦做了幾年生意才賺到的，多蒙夫人將那強盜打死，就請夫人將之發還給小的們，小的們便感激不盡了。」

管寧見了這人臃腫的身材，拙訥的言辭，惶恐的神態，心中忖道：「只怕這少婦真的認錯了。」

卻見羅衣少婦口中長長地「哦」了一聲，笑道：「你們不是褚氏三傑嗎？」

秋波一轉，似乎瞟了那黑衣瘦漢一眼，又自笑道：「那麼就算我認錯了好了。」

這三個肥胖的商人，一齊惶恐地躬下身去，若不是他們各有個凸出如珠的肚子，這一躬身，只怕頭頂都要碰到地上了。

羅衣少婦噗哧一笑，皓腕微揚，將手中的皮帶，拋到這三人面前，又自笑道：「不過，我話可要說清楚，剛剛『鐵金剛』可不是我殺的。他身上的兩掌，一掌是終南派的鎮山掌法『黑煞手』，另一掌卻是『太行紫鞭』的不傳之秘『紫手印』。冤有頭，債有主，這『鐵金剛』就算是變成厲鬼，可也找不到我的頭上。」

這三個肥胖商人一面拾起皮帶，一面口中唯唯稱是，又道：「多謝夫人的恩賜，小的們就告辭了。」

三人一齊旋身，方待舉步。

哪知——那始終默默坐在一旁閉目養神的黑衣瘦漢，突地冷冷喝道：「慢走。」

只見他們面色突地一變，頓住腳步，緩緩回身，惶聲道：「還有什麼吩咐？」

那黑衣瘦漢冷冷一笑，道：「十年以來，你們三個倒發福了，那『鐵金剛』說得倒不錯，你們生意一定做得發財得很，可是，你們難道連十年前的故人，都不認得了？只是你們縱然再胖上一倍，鬍子刮得再光，老夫卻還是認得的。」

他話聲方落，羅衣少婦立刻嬌聲笑道：「原來我沒有認錯。」

只見這三個肥胖的商人齊地一震，齊聲道：「閣下認錯了吧！」

那黑衣瘦漢哈哈一笑，冷笑著道：「老夫若不是為了你們三位，也不會到這客棧中來，也不會遇著今日之事。三位只道我老眼昏花，已不認得三位了，是以連方才那無知的莽漢，不認識三位就是昔年名震大河南北的『黃河三蛟』，竟對三位橫加屈辱，三位也忍受了下來——」

他又是仰天一陣狂笑，接道：「方才別人見了三位發抖的樣子，還只道三位真是怕了那無知莽漢，但是老夫卻知道，三位方才發抖、不安，只是為了愧對故人而已，是嗎？」

他滿臉笑容，張口大笑，只是這笑容與笑聲之中，卻沒有半分笑意，只聽得管寧毛骨悚然，心中不禁恍然，暗自忖道：「難怪他們方才顫抖之態倒像是真的，原來他們是見了這黑衣瘦老頭坐在自己的身旁，是以才會發抖、不安。我若非親眼目睹，真是難以相信這三個肥胖臃腫的人物，竟會是昔年名震西河的人物——」

他突然想起那羅衣少婦方才所說的「褚氏三傑」，又想到那「鐵金剛」方才對這三人所說的話，心中不禁又自暗暗好笑，忖道：「這『黃河三蛟』此刻是該改個綽號，叫作『黃河三豬』倒恰當得多。」

他看著這三人的形狀，再想想自己給他們起的綽號，不禁低低一笑，笑出聲來。笑聲方住，他只覺十數道厲電般的目光，一齊射到他身上，而那黃河三蛟褚氏三傑，卻突地一挺胸膛，哈哈笑道：「想不到，想不到，歲月匆匆，倏忽十年，瘦鶚譚菁，卻仍是眼利口利。不錯，我兄弟與你還有舊賬未清，你要怎地，只管劃出道兒來吧！」

這「黃河三蛟」果然不愧為昔年爭霸兩河的豪強之士，剎那之間，這三個滿面傖俗之氣、滿身臃腫之態的商人，目光一凜，胸膛一挺，竟立刻恢復了昔年的剽悍之氣。此刻三人一齊放聲狂笑，管寧只覺笑聲震耳，竟有金石之聲。

瘦鶚譚菁面容驟變，哪知這「黃河三蛟」笑聲未了，突地一齊展動身形，倏然數掌，向這終南掌門「烏衫獨行」的唯一師弟瘦鶚譚菁前胸、雙肋，上下左右八處大穴揮來。

管寧只聽得掌風呼呼作響，人影飄飄欲飛，心頭方自一凜，哪知身後房門突地砰然一響，他趕緊轉身望去——那一直垂首站在門旁的少年吳布雲，此刻已不知走到哪裡去了。

他驚呼一聲，掠出門外，門外風雪漫天，夜色深沉，似乎有一條淡然人影，在遠處屋脊上一閃而過，身形之快，端的驚人。

直到此刻，他還是無法推測，吳布雲今夜為何會做出這些大異常態之事的原因，望著眼前深沉的夜色愕了半晌，身後突地有一個雄渾高亢、有如深山雷鳴般的聲音，緩緩說道：「你那不辭而別的朋友，此刻走到哪裡去了？」

管寧駭然轉身，只見那兩個手持旱煙管，始終不動聲色的華服老人，此刻並肩站在自己身後，背門而立。四隻炯然有光的眼睛，瞬也不瞬地望著自己，他呆了一呆，訥訥地說道：「方才的話，可是兩位老丈說的？」

方才那句發自他身後的話，雖然說得極為緩慢平淡，卻已震得他耳鼓嗡嗡作響，望著這兩個老人乾枯瘦削的身軀，他真不相信這兩人會有那種高亢雄渾的語聲。

華服老人也似乎呆了一呆，隨即展顏笑道：「當然是老夫說的，難道還會有別人嗎？」

他神情冷峻，面目沉靜，但這一笑之下，卻讓人覺得有一種和藹可親的溫暖之意。

管寧自入江湖以來，所遇的人物，不是奇詭難測，便是高傲冷酷，陡然見著這種溫暖和藹的笑容，不禁對這兩個老人大起好感，立刻頷首道：「他此番不辭而別，實在也大出小可意料之外，至於他的去向，小可更不知道。」

這兩個華服老人一個較高，一個較矮，較高的老者笑容親切和藹，較矮的老人卻是滿面睿智之色，前額特高，雙眉舒展，但鼻帶鷹鉤，卻讓人看來帶著三分狡態，只是這三分狡態並不顯著而已。

此刻他雙眉微微一皺，沉聲道：「你和他可是一路同行而來的？」

管寧微一遲疑，點首稱是。

這老人雙眉一展，又道：「那麼他姓什麼？叫什麼？此番北來，是為著何事，你總該知道的了。」

他一連問了三句，管寧心中一動，忖道：「此人對吳布雲問得如此詳細，難道他們之間，有著什麼瓜葛不成？」

一念至此，又想到吳布雲方才的神態，便沉吟答道：「小可與他雖是一路同行，但卻並不深交，只知道他叫吳布雲，其他的，小可便也無可奉告了。」

他與那少年吳布雲之間，雖無深交，但在這半日之間，卻已互生好感，是以他考慮之下，便未將吳布雲護送公孫左足求醫之事說出來，只見這兩個華服老人同時長眉一皺，低低念道：「吳布雲……」

那身材略矮的老人猛一擊掌，側首道：「我說是他，你偏不信，如今看來，我的話可沒有說錯吧！」

另一華服老人長歎一聲，沉聲道：「這孩子……」

突地袍袖一拂，一陣強勁無比的風聲，「砰」的一聲向後拂去，原來他們兩人背門而立，左右兩側，各自留出尺許的空隙，此刻正有一條人影想從這門旁空隙之中掠出，他頭也不回，眼也不望，就這袍袖一拂之勢，卻已將那妄想奪門而出的肥胖人影擋了回去。

剎那之間，只聽得門內一聲慘呼，一聲嬌笑。那羅衣少婦嬌美的聲音笑道：「我叫你不要碰到我身上來，你不信──」

接著又是一聲慘呼，這羅衣少婦又自嬌笑著道：「終南黑煞手，果然嚇煞人，我說譚老先生呀，這地上的四具屍身，可都是你打死的，你快點想想辦法把他們弄走呀。」

管寧心頭一凜：「難道這片刻之間，『黃河三蛟』已被全部打死！」

一念至此，他忍不住伸長脖子向內望去，只見廳中那張八仙桌子，此刻早已翻倒，桌上的兩雙蠟燭，卻不知何時已被站在羅衣少婦身後的那青衣小婢拿在手裡，六個反穿皮衣的彪形大漢，滿頭大汗、滿面惶恐地站在牆角。羅衣少婦面帶嬌笑，和那瘦鶚譚菁對面而立，而就在他們腳下卻倒臥著「黃河三蛟」和那「鐵金剛」的四具屍身。

風雪從管寧身後吹到他背脊上，他只覺這刺骨的寒意，越來越重，暗歎一聲，退後一步，眼前突地掌影一花，一隻枯瘦的手掌，已向他迎面打來。

這一劈掌雖然大出他意料之外，但掌勢卻來得極緩。

他大驚之下，舉掌一架，目光動處，卻見這一掌竟是那較矮的華服老人向自己擊出的，不禁喝道：「老丈，你這是幹什麼？」

這老人嘴角微微一笑，掌到中途，突地一轉，繞過管寧的手掌，切向他肋下。管寧劍眉一軒，同時沉掌，掌勢下切。

哪知這老人突地哈哈一笑，手掌一翻，電也似的刁住管寧的手腕，沉聲道：「你是誰？是誰人門下？明明是個富貴少年，卻如何要喬裝成低三下四之人？」

這老人好銳利的目光，一眼之下，便又看破管寧的身分。

管寧軒眉怒道：「小可行事如何，又與閣下有何干係！」

語聲方了，他只覺自己手腕之間，突地其熱如炙，這老人刁著自己手腕，竟突地變成一圈剛由烈火中取出的鋼箍。

他猛一咬牙，忍受了這幾乎令人難以忍受的滋味，暗中將自己體內的真氣極快地調息一遍，只聽那老人冷冷道：「你與老夫雖然無關，可是你那朋友與老夫卻是大有關係，你與他之間，到底是否有所圖謀？他此刻去了何處……」

他冷然說到這裡，語氣倏然一頓，目光也隨之一變，似乎吃了一驚，凝神向管寧望了兩眼，突地側首向另一老者道：「大哥，這少年武功雖不高，但卻竟有『引流歸宗』之力，我此刻手掌上的功力，竟被他引去大半。大哥，你可知道，當今武林之中，還有哪一門派有這種內家的心法？」

要知道管寧此刻武功正如這老人所說，確不甚高，但他所修習的內功卻是在武林中失傳已久的心法，再加上他正值年輕，這老人若是與他動手過招，管寧萬萬不是敵手，三五招內，定必落敗，但這老人此刻與他用內力相較，卻未見能占斷然壓倒的優勢。

這兩個華服老人乃是太行山一脈相傳的紫鞭一派中，碩果僅存的兩位長老，其輩分尚在當今名揚天下的太行掌門人「太行紫鞭」公孫真人之上，江湖上提起「太行雙老」樂山老人和樂水老人來，很少有不肅然起敬的，此刻與一個弱冠少年互較內功，竟有如此現象發生，此等大異常情的事，自然使得這以睿智名聞天下的樂水老人也難免為之吃驚。

身材略高的樂山老人雙眉亦自微微一皺，沉聲問道：「真的？」緩緩伸出手掌，向管寧腕間搭去。

哪知管寧突地大喝一聲，拚盡全力，手腕一反，一抖，那樂水老人竟在疏忽之下，被他掙脫。

這「太行雙老」不禁齊地面色一變，齊地一喝。

第八章 索命怪客

「太行雙老」身後突地傳來一陣咯咯嬌笑，只聽那羅衣少婦嬌笑的聲音笑道：「喲喲，想不到這孩子倒有這麼好的功夫，竟連『太行雙老』兩位老人家都抓不住你，呀——這可真難得得很！」

管寧方才大用氣力，此刻但覺體內氣血翻湧，瞑目調息半晌，張開眼來，只見這兩個華服老人面色難看已極，那羅衣少婦卻已面帶嬌笑，側著身軀，從老人身旁走了出來，秋波輕掠，向管寧上下打量了兩眼道：「喂，我說年輕人呀，你到底為什麼，得罪了這兩位老人家，竟使得他們兩位一齊向你出手呀？」

她明裡是問管寧，其實暗中卻在訕損這「太行雙老」。要知道以「太行雙老」的身分地位，豈有一齊向個弱冠少年出手之理，此話若是傳出江湖，「太行雙老」顏面何存？

管寧是何等聰明的人物，當然早已聽出她言下之意，心中不禁對這少婦暗暗感激，把先前罵她心腸冷酷的心念消去幾分。

只見這太行雙老果然一齊軒眉大怒，目光利刃般漠然轉向這羅衣少婦，而這羅衣少婦卻仍然若無其事地輕輕一笑，面對管寧嬌笑道：「你怎麼不說話呀？我知道你一定是有事得罪了兩位老人家，唉——年輕人做事總是這麼莽撞，還不快些向兩位老人家賠禮！」

「太行雙老」面上陣青陣白，目光之中，生像是要噴出火來。管寧見了，心中大為詫異：「這兩人對她如此憤恨，怎地都既不口出惡言，又不出手相擊？」

只見這兩人狠狠地望了羅衣少婦幾眼，樂山老人突地一跺腳，恨聲道：「老夫已是古稀之年，你卻年紀還輕，你如此行事，日後你的靠山一倒，你……你難道不怕武林中人將你……將你……」

這老人氣憤之下，說起話來，竟已有些語無倫次起來。這羅衣少婦面容突地一沉，笑容頓斂，眉梢眼角，竟立刻現出冷削的殺氣。

她冷笑一聲，緩緩說道：「我看你年紀不小，所以才尊稱你一句老人家，你可不要不識好歹，什麼靠山不靠山，難道我沈三娘自己就沒有手段較量你？」

「太行雙老」面色變得更加難看，那青衣小環一手拿著一座燭台，站在門裡，從門裡射出的燭光，映得這兩個老人的面容，蒼白如紙。管寧側目望去，只見那樂水老人暗中伸出兩指，輕輕一扯樂山老人的衣襟，兩人突地一言不發地一展身形，斜斜掠出兩丈，再一擰身，衣袂飄飄，有如一雙蒼鷹掠去，倏然幾個起落，便已消失在深沉的夜色和漫天的風雪裡。

羅衣少婦冷哼一聲，目光轉向管寧，輕輕一笑：「年輕人，別老站在雪裡呀！」

話聲立刻又恢復了嬌柔之意，此刻誰都不會看出這少婦竟有令「太行雙老」都為之懾服的能力。

管寧面頰一紅，垂首向前走了兩步，走到門口，訥訥道：「多謝夫人相助。」

目光動處，心中突地一凜，他手腕之上，竟也整整齊齊印著一個紫色掌印，直到此刻仍未退去，暗忖這樂水老人掌上功力之深，端的驚人已極。他卻不知道若非他已習得那內功心法，此刻他的手腕，至今豈非早已折斷了。

那羅衣少婦卻生像是沒有聽見他的感激之言，自語道：「真討厭，怎麼雪越下越大了。」

回身又道：「紅兒，你知不知道這裡離北京城有多遠了？明天我趕不趕得到？唉——再趕不到，只怕真的要遲了。」

緩緩伸出右掌，在自己掌上凝住半晌，似乎看得出起神來了。

管寧側目一望，只見她這雙春蔥般的纖掌上，竟戴著一個純金的戒指，最怪的是，這戒指竟做人形，只是此刻燈光昏黃，看不甚清。管寧心中一動，方待答話，哪知廳內突地響起一個冷冷的聲音說道：「只怕夫人縱使今日就已趕到，也嫌太遲了。」

這聲音雖然是冷冰冰的沒有半分暖意，但語氣之中，卻滿含一種幸災樂禍的意味。羅衣少婦面色倏然一變，幽怨而溫順的眼波，也突地變得寒如利剪，冷然問道：「你說什麼？」

大廳內緩緩走出帶著滿面詭異笑容的終南劍客瘦鶚譚菁來，慢條斯理地一撚頦下微鬚，目光望著院中的漫天風雲，冷冷又道：「在下是說，夫人縱使今日就可趕去，只怕——唉！」

他面上笑容未斂，但卻故意長歎一聲，接道：「也嫌太遲了些。」

羅衣少婦玉手一垂，長長的羅袖，便也像流水般滑下，覆蓋了她春蔥般的手掌。這高貴美麗的婦人，雖在盛怒變色的時候，舉止卻仍然是優美而動人的。她輕抬蓮步間，曼妙的身形，便已漫無聲息地移到譚菁身前，冷笑著道：「我要到北京城去幹什麼？怎的會太遲了？你倒說說看，你又怎會知道的？」

瘦鶚譚菁冷笑一下，緩緩道：「這個嘛——嘿嘿，不但在下知道，武林中知道的人，只怕還不止在下一個哩！」

瘦鶚譚菁與羅衣少婦，一個身形枯瘦，形容猥瑣，一個容光煥發，貌如天仙，但此刻兩人站在一齊，說話之間，卻是針鋒相對，旗鼓相當。

羅衣少婦面如寒霜，望也沒有望管寧一眼，管寧輕輕向這跨院門外走去。只聽這枯瘦老人，又在冷冷說道：「夫人，此次北來，想必也是聽了江南傳言，說是夫人有位極親近的朋友，正在北京城中養傷，但夫人一世聰明，難道就不曾想到，江湖上既然有此傳言，那麼，此刻要趕到北京城去會見那人的，何止夫人一個？」

他嘿嘿乾笑了幾聲，道：「只是這些人趕去會見那人的目的，自與夫人不大相同。夫人的那位朋友，武功雖然天下第一，但他如果真的受了傷，就不會再有力量來對付尋仇的人，這消息在江湖中流傳已有月餘，那麼，夫人現在才去，不是已嫌太遲了嗎？」

他說話之間，語聲極為低沉緩慢，是以話才說到一半時，管寧已走到門外。聽了他的話，心中雖也一動，但他越走越遠，後面的話，他便沒有聽清，也並沒放在心上。

此刻他心中思緒萬端，根本整理不出個頭緒來。今夜他在這個客棧中所遇之人，雖然個個來歷身分俱似十分詭秘，但他卻以為這些人與他俱無干係，他也無心去多作揣測。只有那兩個老人與吳布雲之間的關係，卻使他頗為奇怪，那少年吳布雲為何不告而別，而且走得那麼慌張，更令他覺得難以解釋。

一路走去，他才發現這間客棧除了那間跨院外，所有的客房竟都是空著的。他心中不禁有些好笑，心想「鐵金剛」那班強盜倒的確有些倒楣，選來選去，竟選中了這些煞星作打劫的對象。

走到前院裡，他和吳布雲所駕的兩輛車子，還停在門側的馬棚下，這兩匹健馬一日奔波，再加上此刻的深夜寒風——但此刻卻為何都神采奕奕，沒有半分頹靡之態，和馬棚中的另幾匹馬一比，更顯得卓卓不凡。要知道管寧百萬身家，此次單身出行，選用的馬匹，自然是百中選一的良駒，那少年吳布雲更是大有來歷，所乘自也不是普通劣馬。

夜色深濃，風雪稍住——管寧一振衣衫，大步走了過去。萬籟俱寂之中，這輛馬車裡，突然傳來一陣陣呻吟聲。

管寧心中驀地一驚，「嗖」地一個箭步，躥到車側一看——這兩輛烏篷大車，車門竟都是虛掩著的，虛掩的車門邊，一邊倒臥著一個反穿皮襖的彪形大漢，另一邊卻倒臥著剛才那個出來開門的店小二，這兩人俱是覆地而臥，口中不斷地發著微弱的呻吟之聲。

管寧大驚之下，定睛一看，夜色之中，只見這大漢已經穿得發黑的白羊皮襖的背心上，竟滲有一片鮮紅的血漬，那扮成店夥樣子的賊黨，背後亦有一片鮮血，而這兩個人之間的雪地上，卻赫然有八個像是用劍尖劃出的潦草字跡：「如此疏忽，真是該死！」

方自稍住的雪花，已將此刻劃頗深的字跡，掩得有些模糊不清，管寧出神地望著字跡，一時之間，心中滿是慚愧自責，不覺呆呆地愣住了。

他知道這兩人定必是在自己和吳布雲停留在那跨院中時，偷偷溜出來，要看看這兩輛大車中所載是何財物。等他們見到大車中只是兩個病人，自然大失所望，甚至還要對車中之人加以殺害，而就在這時候，卻有一人突然掩到他們身後，他們背後的傷口，不用說，自也是被這人所創。

這人暗中救了公孫左足和那神秘的白衣人，自然就不免要恨管寧和吳布雲的疏忽，是以便在地上留下字跡，以示警戒。

「但這人卻會是誰呢？」管寧呆立在凜冽的寒風裡，暗問自己。

他想到三天以前，書齋中突地穿窗飛來的兩劍一刀，以及昨晨桌上，赫然出現的桑皮紙包中的人耳，便又暗中尋思：「這件事看來是同一個人做出來的。他如此維護於我，但卻又不肯與我相見，到底為的是什麼呢？」

「只有凌影——」他低低地，有如呻吟一般自言自語著，「凌影，凌影，真的是你嗎？你……你為什麼要對我如此，卻又偏偏不肯見我呢？」

藏首縮尾的馬，被驚得「唏聿聿」昂首不住長嘶。

管寧心頭一驚，伸手打開車門，白衣書生仍然靜臥如昔，另一輛車中的公孫左足也在沉沉睡夢中。他心中一歎，覺得這位浪跡風塵的武林異人，在身受重傷之後還能如此沉睡，的確是種福氣。

他卻不知道，公孫左足此刻還能沉睡的原因，卻僅是因為吳布雲以和緩的手法，點了他的「睡穴」而已。

他見了車內的兩位武林異人都安然無恙，方自透了口長氣，突地覺得天地間此刻竟是沉寂如死，方才的馬嘶聲、呻吟聲，已全部停頓，除了呼呼的風聲外，四下裡連一絲聲音都沒有了。

在如此寒冷的冬天，在如此寂寞的深夜，他突然發覺，靜寂，有時真是一件可怕的事。

於是他便乾咳一聲，但咳聲一住，四下又復寂然。他無可奈何地暗歎一聲，將一輛馬車從馬廄中牽出來，可是——當他再去牽第二輛大車的時候，一條淡青人影，突地如飛掠來，靈巧地掠上馬車前座。

接著——第二條人影，也自掠來，這人影來勢之速，更遠在第一條人影之上。

已被第一條倏然如飛的人影驚得怔住的管寧，耳畔只聽得一連串環佩的叮噹微響，停留在院中的大車已由這家客棧敞開的大門向外馳去。一個嬌柔清脆的口音，彷彿在喊道：「暫時借馬車一用……」

下面的語聲，便已全被轔轔的車聲，和兩匹健馬的長嘶掩住。

這一個突然的變故，從發生到結束，不過僅僅是霎眼間事。

大驚之下的管寧，根本不知道如何應付這突生之變，等到他定過神來，大喝一聲：「慢走。」

一個箭步掠出大門的時候，這輛大車在沉沉夜影中，已變成了一個朦朧的黑影。

此刻，他甚至還未來得及想這變故的嚴重性，他知道駕走這輛大車的，必定是那羅衣少婦和她的女婢。這樣的人物，莫說駕走他一輛車，便是駕走他十輛馬車，他也不會覺得心痛。

但是——他突然想起大車裡臥病的人來，他也想到了它的嚴重性，於是他感到一陣虛弱的感覺，自腳跟發散，轉瞬便蔓延全身。你若是也曾經歷過一些突然發生的嚴重打擊，你便也能明瞭這種感覺的滋味，如若不然，便是用盡世間所有的形容字彙，只怕也不能形容出這種感覺的滋味。

大地上的一切，霎眼之間，便都變成為一團虛空。

他大喝一聲，轉身撲向仍然停留在馬廄內的另一輛馬車邊，拉開車門一看，那至今仍是謎一樣的白衣人，安靜地臥在溫暖華麗的錦衾裡。他不禁長長地噓了一口氣，但是——這口氣還未透出一半，他的呼吸便立刻又像是窒息住了。

他想起另一輛大車中，是傷勢極重，亟待求醫的公孫左足——他來不及再想別的，又自狂吼一聲，撲向大門。但門外夜色沉沉，寒風寂寂，不但沒有車馬的影子，就連馬車的聲音都沒有了。

但是這沉沉的夜色，這寂寂的寒風，此刻卻像是泰山巨石般的，當頭向他壓了下來，他也彷彿承受不住，身形搖了兩搖，虛軟地倚在門邊，於是剎那之間，夜色也消失了，寒風也消失了，在他眼中，他什麼也感覺不到了，大地又變成了一片虛空和混沌。

這件變故發生後所造成的嚴重後果，他不敢想像，更無法彌補。他緊握著這雙拳，在自己胸口狠狠地捶了兩下，暗中責備自己的愚蠢。他不知道自己為什麼要將那輛大車牽出來，假如他先將公孫左足抱到另一輛大車，不是什麼事都不會發生了嗎？縱然將兩輛大車都一齊牽到門口，又有何用，一個人，又怎能同時駕駛兩輛大車呢？

於是他緊握著的雙拳，又在自己的胸口上狠狠地捶了兩下。

就在他深深自慚自愧，自責自疚的時候，暗影又突地緩緩地踱出一條人影來，一面在獨自冷笑著。寒風，將他這森冷的笑聲，傳入管寧的耳裡。他下意識地轉目望去，瘦顎譚菁已自踱到他身側來了。

他眼中雖然接觸到這條人影，心裡卻仍然是空空洞洞的。瘦顎譚菁奇怪地打量了他兩眼。這終南的名劍手，雖然早已知道他師兄「烏衣獨行」已在四明山中遭人毒手，是以便兼程北來，想在北京城中，尋訪那傳言已被一個富家少年帶回北京，並且也受了重傷的兇手，但是他卻不知道，此刻站在他眼前的少年，便是他自己此來尋訪的人物。

他無意之中，遇著多年以前，在黃河江船上，使完全不識水性的他受盡折辱而幾乎喪生的仇人，報卻了久久鬱積於心的深仇，又以冷言熱諷，將那羅衣少婦說得五內焦急，立刻冒著風雪趕走。一夜之間，他一連做了兩件得意的事，此刻便不禁有些飄然的感覺，恨不得能找個人來分享他此刻的快樂。

於是他便停下腳步，緩緩地道：「人生百年，拍掌來去，身外之物，更是生不能帶來，死不能帶走，你不過只是失去了一輛馬車而已，又何必如此愁苦？」

語聲微頓，抬目望處，卻見這少年仍是呆呆地望著自己，就像是根本沒有聽見自己的話似的。他的雙眉微皺，沉聲又道：「少年人，我說的話，你可聽到沒有？」

管寧目光一瞬，緩緩垂下頭，低語道：「這該如何是好——」

他心中一片茫然，想到自己明日與那少年吳布雲之約，更不知該如何交代，竟真的沒有聽到這瘦鶚譚菁究竟在說些什麼，又自喃喃低語：「我真是該死！我真是該死……」

譚菁雙眉一軒，但瞬即放聲大笑起來，伸手從懷中取出了一錠原本已放在「鐵金剛」手裡，此刻卻又取回的金錠，大笑著道：「想不到你這少年人竟然如此想不開，來來來，拿去，拿去，這一錠黃金，想來已足夠買回你的馬車了。」

這狂笑之聲，使得管寧神志為之一震，抬起頭來，呆望了他兩眼，又搖了搖頭，方自緩緩說道：「我與閣下素不相識，閣下這是幹什麼？」

瘦鶚譚菁伸手一撚微鬚，大笑又道：「是是，我與你雖然素不相識，你的車馬更不是我所掠走，但這錠金子，你卻只管取走——」

他又自仰頭長笑幾聲，接道：「若非是我三言兩語，那沈三娘又怎會如此匆忙地趕走？你可知道她是為著什麼——哈哈，她是生怕自己去得太遲，那廝會被別人害死！唉——」

他故意歎息著：「如此風霜嚴寒，一個婦道人家還要如此奔波，也真難為她了。」

管寧呆呆地望著他，他說的話，管寧根本一點也不懂，當下乾咳一聲，道：「閣下到底在說什麼？小可實在愚昧，難以瞭解，至於這錠金子，小可更是不敢接受——」

瘦鴞譚菁笑聲頓住，突地面色一沉，截斷了他的話，說道：「這黃金你只管拿去，反正你的馬車，既然被那人駛去，你縱然想盡辦法，也不能取回了。」

管寧心頭一涼，脫口道：「真的？」

譚菁冷哼一聲，點首道：「老夫豈會騙你！」

雙眉一揚，神氣間突然又變得十分得意，接著又道：「你可知道駛去你車子的那個女子是誰？」

管寧茫然地搖了搖頭，譚菁又道：「那女子便是江湖人稱『絕望夫人』的沈三娘！武林中人遇上了別人，凡事還能有三分希望，但遇上了這沈三娘嘛——嘿嘿，什麼事都只好任憑她擺佈了，幾乎連半分反抗之力都沒有，是以江湖中人，才替她取了『絕望夫人』這名號。」

「絕望」，管寧將這兩個字仔細思索一下，不禁為之激靈靈打了個寒噤，世上最可怕之事，只怕也莫過於這「絕望」二字了。

而那溫柔高貴的女子，竟叫作「絕望夫人」，這名字取得又是何等冷峭，但見瘦鴞譚菁嘿嘿一聲冷笑，又道：「這『絕望夫人』沈三娘，不但劍法暗器，俱都超人一等，聰明機智，更是駭人聽聞。你心裡在想些什麼，她幾乎全都早已猜到，你嘴裡都沒有說出來的話，她也能先替你說出來，而且她還有個與她關係大不尋常大大的靠山，武林中最狠最冷的人物西門一白——」

這「西門一白」四字一入管寧之耳，他心頭不禁又為之一凜，他似乎聽過這名字，又似乎沒有聽過，卻見譚菁又已接道：「多年來，天下武林中人，就從未聽過有一人能在這絕望夫人面前占過半分便宜的，嘿嘿——只有老夫，今日只說了三言兩語，便讓她嚇得面青唇白，連搶馬車這種事都幹出來了。」

他又以一陣得意的大笑結束了自己的話，隨手將那錠黃金，塞在管寧手裡。人們在歡樂的時候，常常會希望別人也能分享自己的歡樂，這孤傲的老人此刻在這種心情下，便也做出了一些絕非他平日為人性格所做的事來。

但是，他卻不知道，管寧的心境，又怎會為這區區一錠金子而歡樂起來？這本已充滿自責自疚之心的少年，心情更是其亂如麻。他略微思考一下，便恍然想到「西門一白」四字，便是那白衣書生的名字，也直到此刻，他才知道這白衣書生的名字。只是除了這名字之外，他對此人的一切，仍然絲毫不知道。

他想到這些日子來，他所接觸到的每一個武林中人，說起西門一白的為人，都說是冷酷毒辣。於是，他便無法不再冷靜地思考一遍，他對這西門一白的信念，是否有改變一下的必要。

而他此刻也已猜到，那位「絕望夫人」沈三娘，如此匆忙地要趕去北京，一定是為著關心這西門一白的安危，生怕他會遭受到仇家的危害，於是，他又想到那一刀兩劍、兩隻人耳。

「難道這些人便是要去加害西門一白的仇家？」他不禁暗問自己，「那麼，又是誰把他們趕跑的呢？」

一個人能對一件事加以冷靜而明確的分析，他便會被人稱讚為聰明人，假如，他能冷靜分析的這件事與他本身有關，那麼他聰明的程度就更會被人驚讚。

但是，管寧此刻，卻有著那麼多與他本身有關的事，有待於他自己思考分析。他縱然聰明絕頂，卻也不禁為之迷亂了。

手掌一緊，他發覺掌中已多了一錠金子，譚菁是何時將這錠金子塞在他手上的，他也不知道。

於是，他接著便發覺，方才充耳的狂笑聲，此時已歸於寂靜。而那位枯瘦的終南劍手，此刻也已不知走到哪裡去了。

風未住，雪又落了起來，他肩頭已積滿了雪花，但卻沒有抖落它，你能夠將自己也化入管寧此刻的情景，來體會一下他此刻的感覺嗎？

瘦鶚譚菁成名江湖數十年，平生只在河套附近的黃河渡頭邊栽過一次筋斗，心胸極為狹窄，多年來，他時時刻刻都將這件奇恥大辱放在心裡，未曾有一日或忘。

今日他奇恥得雪，又將武林中人人見著要倒楣的絕望夫人訕笑一番，心中正是得意已極，是以見了管寧這種發愣的樣子，心裡只覺得有些好笑，隨手塞給他一錠金子，便揚長走了出去。

這王平口雖近京城，但前有大鎮，後去已是北京，過往的行商旅客，在這王平口歇腳的並不甚多，因之市面並不繁盛。此刻夜已頗深，王平口上這條街道上，不但渺無人跡，甚至連燈火都沒有了。再加上這家客棧本已位於街道盡頭，他出了大門，四下一望，微一振衣，抖落雪花，便向鎮外行去。

在這嚴冬的深夜裡，在這荒涼的道路上，錯非是他這種久走江湖，內外兼修的武林高手，若是換了別人，有誰敢在此時趕路？

他暗中微笑一下，撩起衫角，大步而行，雖未盡展輕功，速度已頗驚人，此刻他心中舒坦，腳步踏在雪地上，有如踏在雲端。

剎那之間，前行便已里許，他腳步卻已越走越慢。要知道雖是內家高手，但在如此風雪嚴寒中趕路，卻也是件苦事。

「我此行既無急事，如此趕路為何？」

此念既生，他不覺暗笑自己，於是他前行的腳步，便慢了下來，轉目望去，忽地瞥見前面枯林中，彷彿有一幢屋影，他暗中盤算一下，突地雙臂一振，電也似的向這幢屋影掠去。

三五個起落，他掠起的身形，便已掠去林中，只見這幢屋影飛椽雙脊，屋子雖不大，建築得卻極為精緻華麗。

他展顏一笑，暗道：「果然不出我之所料，這幢屋子真的是間祠堂廟宇。」

於是他毫不考慮地從一處頹落的牆垣缺口，跳躍進去，順手掏出個夜行人必備的火摺子，順風一抖，一點昏黃的火光，便自亮起。

哪知——

就在這點昏黃的火光方自亮起的這一剎那……

一點火光，突地從店棧牆角轉了出來，接著「篤篤」兩聲更鼓，一個懈怠蒼老的聲音，隨著沉重的腳步聲，緩緩傳來，懶洋洋地自語道：「又是二更啦！天，怎麼還不亮，唉——冬天晚上，日子可過得真慢呀！」

緊握一錠金子在手中的管寧，正望著漫天的雪花發愣，聽見這聲音，倏然一驚，腳步一縮，想退回門裡，卻聽這更夫已自喝道：「是誰？這麼晚還站在這兒。」

管寧暗歎一聲，知道自己又遇著了麻煩，他生怕這更夫會看到院裡的兩具屍身，要知道他出身世家，對於違法的事，總是不敢做的。這兩具屍身雖非他所殺，但他卻怕沾到兇殺的嫌疑，這種感覺，自然和亡命天涯的武林人物大不相同，若是換了「鐵金剛」這類角色，只怕早已將這更夫一刀殺卻。

而此刻，他卻立刻應聲走了出去。聳著雙肩，縮著脖子，穿著一身老棉襖，手裡提著個燈籠，撚著個更梆的老更夫，睜著矇矓的老花眼，上下向他望了兩眼，乾咳了兩聲，又道：「小夥子，三更半夜的，幹什麼呀！是跟誰幽會？嘿——年輕人，真都是夜貓子，難道你也像我老頭子一樣，怕活不長了，連晚上都不敢睡覺。」

這老人親切的語氣，友善的態度，管寧突然發覺，有些人的人性是那麼善良，這老人看到自己如此鬼祟樣子，竟沒有絲毫疑心自己。

他感激地向老人一笑，心中一動，便問道：「老人家，我是因為有個客人生了急病，要儘快到妙峰山去求醫，你老可知道，從這兒到妙峰山，該怎麼個走法？」

老更夫長長地「哦」了一聲，將燈籠往門裡一照，管寧心中立刻一陣巨跳，生怕燈籠的燈光，會照在地上的屍身。

他卻不知道這老人老眼昏花，在這幽暗的深夜裡，要叫他看出一丈以外，馬廄下陰影中的東西，再添三隻燈籠，他也未必能看到的。

只見這老人手裡舉著燈籠，來回晃了兩晃，道：「這裡面有輛馬車是不是？嘿——還套上了馬。嘿！原來你要趁夜趕路，妙峰山可不遠，從這兒出鎮往西走，走個把里地，再北轉，不到天亮，你也許就能趕到妙峰山了。可是——我老頭子怎地沒聽說過妙峰山上住著大夫呀？」

「篤篤」兩聲，更梆又是兩響，這老人搖了搖頭，蹣跚著往外走去，一面搖著頭，歎道：「唉！年輕人到底是年輕人，身體真比我老頭子棒得多。這麼黑，這麼晚，還能趕車……」

管寧望著這老人逐漸遠去的背影，想到他一生平凡的生命，心裡方自泛起一陣淡淡的憐憫，但轉念一想，這老人的生命雖然平凡，但卻是安樂而穩定的，他毋庸對世人負疚，也不會對上天有愧，因為，他已盡到了他做人的責任。

「但是，我呢？」他垂下頭，走到院中，走到那輛大車旁，此刻他甚至寧願方才被那羅衣少婦駛走的是這輛，因為，他對人們已有歉疚的感覺。

跳上車座，揚起馬鞭，叭喇一聲，健馬長嘶，車輪轉動——這輛馬車，便冒著風雪，衝出了這客棧的大門，衝入深沉的夜色中的官道上。轔轔的車聲，劃破了大地的寂靜。

他挺起胸膛，長長透了口氣，風雪劈面打在他臉上，刺骨的寒意，使他消極的意志，振奮起來。

於是，車行更疾。

他留意觀察著道路，左手撚著鞭繩，握著馬鞭的右手卻搭了個涼篷，蓋在眼瞼上，免得迎面飛舞的風雪將視線擋住，因為，在這深沉的夜色裡，要辨清前面的道路，本就是件非常困難的事情。

突地——一條黑影，踉蹌著從道路衝出來，揚手一招，似乎想將馬車攔住。

管寧雙眉一皺，微一遲疑，馬車已衝過那人身旁，在這剎那之間，他心念數轉，終於一提韁繩，吆喝著將馬車勒住，車聲一停，馬嘶一住，便聽得那人口中不住哼著。

管寧回身探首望去，那人向前撞了兩步，終於「噗」地倒在地上。黑夜中，他依稀辨出這人的身形，心頭不禁一凜——這看來似乎已受了重傷的人，竟是那枯瘦的老人瘦鶚譚菁！

管寧一驚之下，立刻跳下車去。他與這枯瘦的老人，雖然並未深交，但他生具至性，見人有了危難，無論此人是誰，他都會仗義援手，至於他自身的利害，他卻根本不去想它。

瘦鶚譚菁在地上哼了兩聲，掙扎著抬起頭來，於是他也看清，此刻站在他面前的人，便是方才發呆的少年。

管寧俯下身去，攙起這老人的臂膀，焦急問道：「老前輩，你受的是什麼傷，傷在哪裡？」

瘦鶚譚菁長歎了口氣，將全身的重量，都倚在管寧的懷裡，管寧問他的話，他只能虛弱地搖了一下頭，因為連他自己都不知道，此刻他身上所受的傷，究竟是被何物所傷的。

於是，管寧只得將他抱到車上，放在那白衣人西門一白的身旁。瘦鶚譚菁此刻目光若仍是敏銳的，頭腦若仍是清楚的，還能看清他身旁所臥的人的面容，只怕他立刻便會跳起來。

但是此刻，他不但四肢已開始麻痹，而且他還感覺到這種麻痹已逐漸蔓延到他心房。命運的安排，永遠是如此奇妙和殘酷，它使你終於找到你非常想找的人，但卻又會在你最最不願見到此人的時候。

這輛大車，外觀雖不起眼，但內裡卻製造得極為精緻。車廂四角都嵌著一盞小小的銅燈，只是管寧方才心亂之際，便未將燈燃著。

他此次離家出門，本已立下闖蕩江湖的志願，因此事先將行囊準備得甚是周詳，此刻他從一旁取出火折，爬進車廂將四角的銅燈俱都用火點著，車廂內便立刻變得十分明亮。

光芒刺眼，瘦鶚譚菁微張一線的眼睛，便又閉了起來。

管寧俯首望去，這老人身上衣衫仍然完整，身上也沒有一絲血漬，只是面色蒼白，氣息微弱，他心中一動，忖道：「莫非他也是中了劇毒！」

此念方生，目光轉處，卻見這老人枯瘦面容上的肌肉，突然一陣痙攣，蒼白的面色，倏地轉青。昏黃的燈光，照在他這猙獰的面容上，管寧不覺打了個寒噤。卻見他痛苦地低喊一聲，突又伸出雙手，「啪」地擊在他自己胸前，伸手一抓，抓著他自己的衣衫，雙手一揚，「嗤」的一聲，他竟將身上穿著的皮襖撕成兩半。

車門外有風吹進，吹起這皮襖裡斷落的棉絮，淺黃色的狐皮短襖內，他黝黑枯瘦的胸膛上，竟有五點淡淡的血漬。

管寧不禁為之心頭一凜，定眼望去，這五點淡淡的血漬上，竟各個露出半截烏黑的針尖，針尖頗細，甚至比繡花針還要細上一些，但卻仍穿透這厚重的皮襖，直入肌膚，端的是駭人聽聞的事。

管寧呆呆地望著這五點針尖，心中突又一動，倏然想起自己在四明山莊小橋前所遇的暗器，又想起武當四雁中藍雁道人所說的話：「以貧道推測，在四明山莊的止步橋前，襲向他的暗器，便是那以暗器馳名天下的峨嵋豹囊囊中七件奇毒無比的暗器中，最霸道的『玄武烏煞，羅喉神針』……」

管寧不禁脫口呼一聲：「羅喉神針——」

瘦鶚譚菁全身一震，不知道是哪裡來的力量，竟使得已將奄奄一息的他，掙扎著坐起半身俯首一望，面色大變，驚喝道：「果然是『玄武烏煞，羅喉神針』！唉——我怎會想得到那裡面竟會是他們兄弟兩人……」

眉峰一皺，又道：「奇怪，他兄弟兩人，怎會也到了此間，又怎會潛伏在祠堂裡……」

語聲一頓，目光突地掠過一絲希望的光芒。

管寧此刻心中思潮又起，忍不住問道：「老前輩是在哪裡遇著他們，又怎會中了他們的暗器？」

要知道管寧心中始終認為四明山莊那件兇殺之事，要以這峨嵋豹囊兄弟二人的嫌疑最大，是以此刻聽到他們的行蹤，便立刻忍不住追問起來。

卻聽譚菁長歎一聲，「噗」地又復臥倒，沉聲道：「我哪裡知道是他們，只怕他們也不知道是我……」

原來……

方才他一腳跨進了斷牆，隨手打開火折，卻聽黝黑深沉的祠堂之中，突地冷冷一笑，瘦鶚譚菁雖然久走江湖，但聽了這種森寒笑聲，卻仍不禁為之一驚，倏然頓下腳步。

笑聲一發便止，但四下的寒風裡，卻似仍有那森寒的笑意。

瘦鶚譚菁心念動處，手腕一揚，掌中的火摺子，突地脫手飛去，穿過這祠堂大殿敗落的窗櫺，筆直地飛了進去。

而他枯瘦的身軀，也隨之掠進。

突然——

大殿中又響起一個冰冷的聲音：「朋友，你放心吧！我死不了！」

瘦鶚譚菁身形方自穿入窗櫺，聞言心中一動，真氣猛降，濁氣倏升，而就在這剎那之間，黑暗中突地擊來十數道尖銳但卻微弱的風聲。瘦鶚譚菁大喝一聲，揮掌擰身，手掌一按窗框，身形又退到窗外，應變之快，可謂驚人。

但他雙足一踏地面，胸膛間彷佛微微一涼，他立刻覺得不妙，身形再退五尺，運氣之間，胸中竟有些麻痹之感。

他全身一震，大喝一聲：「我與你素無仇怨，你竟暗器傷人！」

此刻他急怒之下，說話的聲音有些嘶啞了，黑暗中又傳出一陣森冷的笑聲，先前那說話的聲音，又自沉聲道：「暗器傷人……哼，我讓你也嚐嚐暗箭傷人的滋味。」

譚菁聞言，立刻知道這其中必定有著誤會，他奇怪的是，暗中向自己擊出暗器這人，怎的還不現身。

於是他身形一動，再次撲向窗內，但身形方動，便又立刻退回，原來就在他運用真氣這一剎那，他竟發覺自己胸膛上的那點麻痺的感覺，就在這瞬息之間，便已擴散至全身。

他闖蕩江湖數十年，這麼霸道的暗器，他卻還是第一次見到。他心頭發涼，再也不敢在這祠堂內停留，轉身飛奔出去，生怕祠堂中那人會隨後趕來。瘦鶚譚菁成名以來，敗得如此狼狽，敗得如此莫名其妙，倒真是生平首次。

他甚至連祠堂中那人的影子都未見到，更不知道他為什麼向他擊出暗器。但是在這陰森森的地方，突然遇到這種形如鬼魅的敵人，身上又中了這種見所未見，聞所未聞的暗器，他雖然一生高傲，此刻卻也不禁心生寒意，連問都不敢再問一句，只希望自己能在毒發之前，早些尋得解救之法。

但是，等他飛奔到路旁的時候，他竟已無法再施展輕功了。

他喘息著坐下來，一時之間，他心中又是自怨自艾，又是驚疑莫名，真恨不得祠堂那人隨後跟來，讓自己見見他究竟是誰，問問他為什麼無緣無故地向自己發出暗器，那麼就算自己死了，心裡也落得清楚些。

哪知就在此時，管寧已駕著馬車駛來，他驟然聽得車聲，心中便生出一線生機，是以拚盡餘力，躍了出來，攔住馬車——

而此刻，他見他胸前的傷痕，求生之念，便更強烈。

要知道終南一派，與四川唐門不但毫無仇怨，而且還頗有來往，是以他更斷定其中必有誤會，那唐氏兄弟若然知道是自己的話，也許會立刻為自己解救也未可知。

是以他此刻長歎一聲，便又掙扎著說道：「路邊不遠，有間祠堂，麻煩兄台，將我帶到那裡……唉，我如此麻煩兄台，亦非得已，但望兄台助我一臂之力，日後……咳，我必有補報之處。」

為著生存，這高傲而冷酷的老人，此刻不但將這個陌生的少年，稱作兄弟，而且竟還說出如此哀懇的話來。

管寧目光低垂，望著這片刻之前，還是意氣飛揚，但此刻卻已是奄奄一息的老人，心中不禁為此生出萬端感慨。

此刻雖未天明，但距離天明已不遠，明日妙峰山外之約，使他恨不得立時趕到毛家老店去才對心思，但他又怎能拒絕這位老人請求？

何況他自己也極欲去見那峨嵋豹囊兄弟一面，於是他便斷然點首道：「老前輩但請放心，小可豈是見死不救之人？但是——那峨嵋豹囊兄弟傷人之後，是否還會停留在祠堂裡呢？」

譚菁聞言一凜，久久說不出話來，要知道四川唐門之所以名聞武林，便在於唐門的毒藥暗器，除了他們自己世代秘傳的解藥外，普天之下，再無一人可以解救。

而且見血封喉，一個時辰內，毒性一發，立時喪命。

瘦鴞譚菁若不能立時尋得唐氏兄弟，求得解藥，性命實在難以保全。

他黯然沉吟良久，方自長歎一聲道：「謀事在人，成事在天，我……我只得去碰碰運氣了。」

管寧在路邊仔細察看一遍，才發覺有條小徑筆直穿入樹林，想必是昔日這家祠盛時的道路，雖已長滿荒草，但勉強可容馬車行走。

於是他便牽著馬韁穿林而入，果然見到前面有幢房影，他暗中將瘦鴞譚菁方才教他的話默念一遍，便大步走到前面，面對著這祠堂敗落的門戶，朗聲喊道：「方才終南瘦鴞譚菁，不知兩位俠駕在此，因此誤闖而入，以致身中兩位獨門羅喉神針，但望兩位念在昔日故交，賜以解救。」

他內力之修為，已至登堂入室的境界，此刻朗聲呼喊，竟然聲如金石，傳出甚遠。

但是——

陰黑黝暗的祠堂內，卻寂無回聲。管寧暗暗皺眉，又自喊道：「在下乃終南瘦鶚譚菁之友，但望兩位應允在下請求，此刻譚大俠已是命在垂危，在下情非得已，亦只得冒昧闖入了。」

說罷，大步向門內走了進去，只覺腳下所踏，俱是殘枝枯葉，和片片積雪，腳步每一移動，便帶著陣陣微響。

這「嘰嘰」的聲音混合在「呼呼」的風聲裡，讓人聽了，不由自主地遍體生出寒意。管寧胸膛一挺，往前再走了兩步，走到大殿前的台階上，亦自持著一直持在手中的火摺子，火光一閃之中，只見大殿之中頹敗破落，神幔、靈位俱都殘敗得七零八落，靈台兩旁，卻有兩尊神像，但也是金漆剝落，不復有當年的威儀了。

他失望地長歎一聲，只當唐氏兄弟早已走了，他也不願再在這種地方逗留片刻，方自轉身走開。

哪知——

大殿中竟突地響出一個森冷的聲浪，低沉而微弱地說道：「站住！」

管寧大驚之下，只覺一股刺骨的寒意，自足踝升起，轉瞬便升至背脊，再次緩緩轉過身去，褪色的神幔裡，竟緩緩走出一個人來。

這人身軀頎長，瘦骨嶙峋，頭上髮髻凌亂，身上卻穿著一件極為華麗的紫緞長衫，及膝而止，橫腰繫著一條絲縧，定睛一看，他左腰之上，竟滲出一片深紫血跡，只因他身上穿著的衣裳也是紫色的，是以若非留意，便不易看出。

此時此地，驟然見著如此詭異的人物，若非管寧在這半年之中，所見所聞，件件俱是驚人之事，只怕此刻已嚇得不能舉步了。

但他此刻卻仍壯著膽子，佇立不動。只見這人一手拉著神幔，一手按著腰際，緩步走了出來，步履似乎十分沉重，面目亦是蒼白得沒有一絲血色，只有雙眼之中，還發著燐燐的光芒，但被這昏黃微弱的燈光一映，望之卻更令人悚慄。

他將呆立在門口的管寧由上至下，由頭至腳緩緩看了一遍，而管寧的目光，也在此時將他由上至下，由頭至腳看了一遍，最後兩人目光相對，管寧心中突地一動，覺得此人似乎相識，但仔細一看，卻又完全陌生。他再仔細回憶一遍，不禁恍然而悟，原來此人竟和四明山莊之六角亭中，那突然現身一掌擊斃囊兒的瘦長怪人，有一分相似之處。

剎那之間，他心中已動念數遍，這怪人望了他一遍，突又說道：「進來！」

管寧不由自主地走了進去，只見這怪人的目光，也隨著他身形移動。目光之中，彷彿有一種懾人的寒意，讓人望都不敢望他一眼。管寧心中方正發毛，哪知這怪人頎長的身軀，竟緩緩坐了下來，「嗞」的一聲，本已腐蝕的神幔，隨著他的身形，落在地上。

於是管寧便立刻看到，神幔的靈台邊，也盤膝坐著一個身穿絳紫長袍的老者，身材的高矮，雖看不清楚，但他坐在地上，卻已比常人坐著的時候高出一頭，可見他亦是身量特高之人。管寧目光動處，但立刻猜出，這兩人便是名震武林的「峨嵋豹囊」。

但是，當先緩步走出的老者，怎地卻是腰畔空空，一無所有呢？

立時之間，管寧又想起崑崙黃冠門下倚天道人所說的話，他便也立時暗中尋思忖道：「這峨嵋豹囊兄弟兩人，前亦到過四明山莊，是以才會在四明山莊中，遺失了自己的東西，而參與四明山莊中那件事的人，全都喪了性命，只有他兩人仍然活著，他兩人若非兇手，又該如何解釋？」

於是他心念轉變，卻又不禁忖道：「但是那六角亭中突然現身的怪人，乍眼一看，雖與這兩人有些相似，但仔細看來，卻絕非同一個人呀！那麼，那怪人又是誰呢？」

剎那間，他心中已將這兩個問題反覆想了數遍，卻仍然得不到解答。這時已坐到地上的老人略微瞑目調息，說道：「瘦鶚譚菁，真的中了羅喉神針，此刻在門外相候嗎？」

管寧一定心神，肅然道：「正是。」

這老人似乎暗中歎息一聲，轉首去望他的兄弟，緩緩道：「老大，這事情如何處理？瘦鶚譚菁與我們還有些交情，這次我們誤傷了他，總該伸手替他治一治吧？」

他說話的聲音雖然極為緩慢，但卻沒有斷續。管寧見了他如此重傷之下，還能如此說話，心中不禁暗駭，這「峨嵋豹囊」兄弟二人不愧是在武林久享盛譽的一流人物。

被稱為「老大」的老人彷佛傷勢更重，聞言仍然緊閉著雙眼，卻在鼻中冷哼一下，緩緩道：「姓譚的受的傷我們來治，我們受的傷，卻有誰替我們治呀？」

他說話的聲音，竟更森寒，話中的含意，亦更冷酷。

管寧心中一凜，暗道難怪江湖中人將這兩兄弟稱為「七海雙煞」，如今看來，這兩人不但暗器奇毒，生性亦毒得驚人，若以這兩人的性格看來，四明山莊中的慘事，也只有這種人才會做出。

一念至此，他不禁對這兩人大生惡感，哪知「峨嵋豹囊」中的老大唐鶴，語聲一了，卻又長歎一聲，緩道：「只是這姓譚的無緣無故挨了幾針，若是叫他如此死了，也實在有些冤枉——」雙目突地一張，電也似的望在管寧身上，說道：「你就去把他帶進來吧！」

管寧暗暗吐了口氣，心中雖在奇怪，這人怎的突然變得有些人性起來，但他心中對此二人早具成見，是以此刻便也漫不為禮，聞言只是微一頷首，便一言不發地走了出去。

「峨嵋豹囊」唐氏兄弟呆呆地望著他的背影帶著火光消失，大殿又復轉於黑暗，老二唐鶻突地歎道：「這娃兒倒有些志氣，他見我們不肯替譚菁治傷，心中便有些不忿，可是——唉，他卻不明白，我們受的傷，比譚菁還要冤枉得多哩。」

老大唐鶴冷哼一聲，道：「因果循環，報應不爽。我們兄弟想必手上血腥太多，一直沒有報應，今日才會突然殺出這兩個人來，莫名其妙地加害我們——老二，此刻你覺得怎樣了？我……我自己知道已經快不行了，你要是還能走，你就先走吧！」

唐鶻亦自冷哼一聲，道：「老大，你說的是什麼話！我們兄弟，要死也得死在一起，何況——就憑這點傷，我們還未見得就死了哩。」

這兄弟二人在討論生死大事，語氣仍如此森冷，生像是此刻身受重傷，即將嗚呼的人，不是他們而是別人一樣。

唐鶴聞言長歎一聲，又復閉上眼睛。這兄弟兩人彼此說話都是那麼冷冰冰的，其實兄弟之間感情卻極深摯。

唐鶻口中雖在說著「死不了」，心裡其實也自知無甚希望，他們雖然此刻仍在說話，但這兄弟兩人一人腰畔中了一劍，一人的傷勢卻在小腹邊，這兩處俱是要害，若非他兄弟兩人數十年性命交修的功力，此刻只怕早已死去多時了。

談話之間，管寧已一手摻扶著瘦鶚譚菁，一手拿著一盞銅燈，快步走了進來。唐鶻聽到他的腳步聲，眼也不抬，隨手掏出個翠玉小瓶，拋向管寧，口中卻又「嚕囌」一聲，緩緩說道：「一半敷在傷口，一半吞到肚裡。」

管寧目光動處，眼見玉瓶飛來，只是將右手一抬，反手去接，只覺手腕一震，而譚菁卻已緩緩坐在地上。管寧心中更暗駭，這唐鶻重傷後仍有如此功力，他卻不知百足之蟲，死而不僵，鸞鳳將死，其鳴仍亮，落日的餘暉，也遠比月光明亮。這峨嵋豹囊名震天下數十年，又豈是徒負虛名的人物可比的？

他心中一面思忖，一面將手中取自車廂的銅燈，放在唐鶻旁邊的靈台上，瘦鶚譚菁此刻的神志已漸不清，但他卻仍強自掙扎著道：「兩位大德，我譚菁有生之年，永不相忘——」

唐鶻突地冷笑一聲，緩緩道：「你忘不忘都無所謂，反正我兄弟也活不長了，此刻除非能立刻找到太行紫靴門下所煉的續命神膏，或許還能……」

哪知，他話猶未了，門外突地響起一陣清朗的笑聲，齊地抬目望去，只見門外人影一閃，大殿中便已飄落下兩個華麗的老者。

這兩人身形一現，管寧立刻低呼一聲，而峨嵋豹囊唐氏兄弟始終森冷如冰的面容之上，竟為之泛出一絲喜色。

第九章 絕地逢佳人

這兩個華服老者身形落地，笑聲不絕，一個身軀較長的老人朗聲笑道：「想不到，想不到，我兄弟二人無意追蹤，卻成了你兄弟兩人的救星。唐兄，十年不見，你們也想不到我們這兩個老頭子早不來，晚不來，卻恰好在此刻趕來吧？」

這兩人竟是「太行紫靴」門下的樂山、樂水兩個老人。

唐鶻冷酷的面容，泛起了一絲笑容，緩緩說道：「方自說到續命神膏，想不到續命神膏便已來了。」

哪知老人笑聲突地頓住，竟緩緩走到管寧身側，突地伸出手掌，他掌出如風，電也似的向管寧右肩「肩井」穴上拍下。

這一個變故出於突然，更遠在方才他兩人突然現身之上。管寧大驚之下，揮掌一擋，哪知樂水老人掌到中途，竟突地手掌一反，向上斜劃，劈手一把將管寧手中的玉瓶搶到手裡。

瘦鶚譚菁尚未昏迷，見狀大喝一聲，但卻無力出手。

樂水老人其實並沒有加害管寧之意，他這一掌之擊，不過是聲東擊西之計而已。管寧事出意外，猝不及防，竟被他一招得手，只見他身形倏又退到門邊，仰天大笑起來。管寧大怒喝道：「你這是幹什麼？」

樂水老人大笑道：「你道我怎會突然跑到這裡來？我就是為了要跟蹤於你，我兄弟兩人在王平口外的風雪之中，苦等了一個時辰，才看到你駕車出來，便在後面跟蹤至此，否則，我兩人又不是神仙，難道真的知道唐老大、唐老二受了傷，特地跑來救他們？」

唐鶴、唐鶻聞言，不禁齊地一凜，暗忖道：「真是因果循環，報應不爽，我方才救了譚菁，此刻便有人來救我，我若是不救譚菁，這樂氏兄弟只怕不會來救我，只是——他突地搶走這少年手中的瓶子，又是為什麼呢？」

管寧劍眉一軒，怒道：「我與兩位素無交往，兩位跟蹤於我，為的什麼？這瓶藥散乃是解救這位譚老前輩毒勢之用，兩位搶去卻又為著什麼？」

他雖知這兩位老人武功極高，自己絕非敵手，但此刻說起話來，自覺義正詞嚴，對這兩位老人，便絲毫沒有畏懼之心。

卻見樂水老人笑聲一頓，慢條斯理地緩緩說道：「問得不錯，問得不錯，老夫不妨告訴你，老夫之所以苦苦跟在你身後，是為了要探查出你那位朋友吳布雲的下落，老夫此刻搶來這玉瓶，也是為了要你將他的下落坦誠相告。」

管寧聞言一愣，他不知這兩個老人苦苦找尋吳布雲是為著什麼，難道是尋仇報復？但他們年齡懸殊，身分各異，卻又不似。

他俯首沉吟半晌，朗聲又道：「兩位如要找尋吳布雲，兩位只管自己去找好了，又何苦做出此等事來要脅呢！哼——這豈不是有失兩位身分！」

他語聲微頓，立刻又接道：「何況在下與那吳布雲亦無深交，兩位要問的事，我實在是無可奉告。」

樂水老人突又仰天大笑起來，笑道：「罵得不錯，罵得不錯，但老夫還要告訴你，你與那吳布雲一路同行，豈有不知道他去向之理？這點你想騙過別人，還有可說，你若想騙過老夫，嘿嘿——你且問問在座各位武林中人可曾有騙過老夫的？」

這樂水老人乃是江湖中有名的智者，他與樂山老人本是兄弟，雖然同是姓樂，但年輕時卻非此名，直到近年，他方有這「樂水老人」之號，取的也無非是智者樂水之意。

他此刻說出這番話來，雖然有些狂妄，但卻也是事實。

唐氏兄弟有求於他，此刻便一齊點首，瘦鶚譚菁心中雖不忿，但也只得冷哼一聲，只覺自己腦海愈見暈眩，眼見就要不省人事。樂水老人目光一轉，一揚手中藥瓶，又自大笑道：「你若還是想故意推託，使得譚大俠性命不保，這責任可是完全在你，老夫是毫無干係。」

唐氏兄弟聞言，暗歎忖道：「人道樂水老人老奸巨猾，如此看來，他不想與終南結怨，是以此刻竟說出這番話來，將責任全部推到別人身上。」

管寧心胸之間，怒火大作，只氣得面上陣青陣白，卻說不出話來。

卻聽樂水老人又自笑道：「這玉瓶乃是老夫自你手中取來，你若不說出來，除非你能將它亦由老夫手中取去，否則——」

他話猶未了，管寧突地厲叱一聲，身形頓向他直撲過去。

樂水老人哈哈一笑，腳步微錯，長鬚飄飄，身形已自滑開七尺，將手中玉瓶又自一揚，笑道：「你若想搶走此瓶，實是難如登天。」

管寧此刻已將生死榮辱，俱都拋在一邊，但覺心中怒火如熾，無論如何，也得將這玉瓶奪回，別的事以後再說。他身形方自撲空，腳跟一旋，便又如影附形般向那樂水老人橫掠過去。

哪知身前突地人影一花，那樂山老人竟硬生生擋住了他的去路，雙掌一推，管寧只覺一股掌風襲來，這掌風雖然不猛烈，卻已使得身形再也無法前掠，只得停住。

管寧驚怒之下，卻聽樂山老人和聲說道：「兄台先莫動怒，你可知道，我們要找尋吳布雲是為的什麼嗎？」

管寧聞言又為之一愕，但隨即冷笑道：「這正是小可要向兩位請教的。」

樂山老人微微一笑道：「此事說來話長，且有關本門隱秘，是以老夫才一直未便直告，只是……」他持鬚一笑：「老夫尋訪吳布雲，不但絕無惡意，而且還有助於他，這點兄台大可不必置疑。」

管寧微一沉吟，忍不住問道：「難道那吳布雲亦是貴派門下？」

樂山老人頷首笑道：「他不但是敝派弟子，而且還是敝掌教的獨子。老夫如此說來，兄台想必能相信老夫尋訪他實無惡意了吧？」

他語微一頓，又自笑道：「老夫還可告訴兄台，這『吳布雲』三字，實非他原來姓名，老夫本來也難以確定這吳布雲是否就是他，更不知道他取此三字的用意，但經舍弟加以分析之後，老夫才想起他從小便喜將『我不說』三字，說成『吾不云』，他取這『吳布雲』三字作為假名之意嘛——哈哈，想來也就是『我不說我的名字』之意了。」

這樂山老人，和藹誠懇，神色之間，更無半分虛假，讓人聽了，不得不相信他所說的話。

管寧聞言心中立刻恍然，但轉念一想，卻又覺得此事其中必多隱秘，那「吳布雲」既是太行紫靴的掌門真人的獨子，怎地見到他門中之人，卻又那般驚恐，而且連面都不願讓人見著？他雖然不知道此事其中的真相，更不知道其中的是非曲直，但卻覺得「吳布雲」既與自己為友，自己便不該洩露他的秘密。

轉目望去，盤膝坐在地上的瘦鶚譚菁，此刻上身前俯，深垂著頭，竟像是已陷入昏迷之態，而那唐氏兄弟均閉目而坐，連看都未向這邊看一眼，生像是全然沒有將此事放在心上。一時之間他心中大感猶疑難決，不知該如何是好。自己若是說出了那「吳布雲」的去處，豈非愧對朋友？但自己若不說出他的去處，那麼眼看瘦鶚譚菁便得喪命，這麼一來，我雖不殺伯仁，但伯仁卻因我而死。他心中自更難安。

他想來想去，只覺自己此刻已處身於兩難之中，無論自己如何去做，都將終生抱憾，但事已至此，卻又別無選擇餘地。他俯首微一沉吟，心中斷然下了個決定，目光一抬，朗聲說道：「兩位與吳兄之間，究竟有何關聯在下毫不知情，但兩位此刻既以人命相脅，在下卻不能與兩位一樣，將人命看得如此輕賤，只是——哼哼，兩位今日卻教在下看清了所謂武林長者的面目。」

樂山老人面容一變，燈光之下，他目中似乎隱隱泛出一陣羞愧之色，那樂水老人卻仍然面帶笑容，緩緩說道：「閣下如此說來，可是要將他的下落相告了嗎？」

管寧劍眉一軒，頷首朗聲道：「正是，兩位只要將解藥交於在下，在下明日清晨定必將兩位帶到那吳兄面前。」

樂水老人吃吃一笑，道：「此話當真？」

管寧冷冷笑道：「在下雖不像兩位俱是武林中德高望重之人，但卻不知食言反悔一事，兩位儘管放心好了。」

他此刻已立下決心，無論如何得先救了那瘦鶚譚菁的生命，然後再帶兩人到妙峰山外的毛家老店去，一齊會見「吳布雲」。這兩人若對吳布雲有何不利，他便要以死相爭，要知道他此刻自覺今日一日之中，已做了兩件有愧於那「吳布雲」之事，那「吳布雲」縱然有不是之處，他也會全力相助的。

樂水老人哈哈一笑，緩步走到瘦鶚譚菁身側，當頭一揖，含笑說道：「為著小弟之事致令譚兄久候，但望譚兄不要怪罪才是。」

伸手拔開那玉瓶的瓶塞，倒出些淡青藥末，伸手一托譚菁下顎，將這半瓶藥粉全都倒入他口中，然後目光一轉，含笑又道：「譚兄的傷勢，可就是在當胸之處？」

瘦鶚譚菁微弱地點頭，樂山老人面帶微笑，突地伸右手，快如閃電，在譚菁下背脊一拍，瘦鶚譚菁大喝一聲，管寧亦自變色怒喝道：「你這是幹什麼？」

卻見這樂水老人右掌一拍之後，手掌一反一轉，將另外半瓶藥粉，亦自倒入掌中，卻用左手的空瓶，往譚菁胸前一湊。

他這幾下動作，完全一氣呵成，端的快如閃電。管寧一聲怒喝過後，方待搶步過去，只聽「叮叮」幾聲微響，像是有什麼東西落入那玉瓶裡，這樂水老人卻在長笑聲中，將右掌的藥粉往譚菁胸前的傷口上一合，長笑著道：「譚兄身中之針，已被小弟震出，再加上唐兄解藥，妙用無方，譚兄只要將息兩日，便可無事了。」轉過頭向管寧笑道：「閣下不必擔心，老夫豈有加害譚兄之理？就算有別人要對譚兄不利——哼哼，老夫第一個不會放過此人的。」

這樂水老人果然不愧為名傳武林的智者，就這幾句話中，不但方才的過失完全推諉，言下還頗有討好拉攏這瘦鶚譚菁之意。管寧望著他縱聲大笑的神態，心中又是氣憤，又覺惱怒，只聽他笑聲漸漸微弱，方待反唇相譏，哪知一直瞑目而坐的唐鶴突地冷冷說道：「各位的事都辦完了吧？」

雙目一張，目光閃電般到樂水老人身上滴溜溜一轉，又道：「兩位與我兄弟素無恩仇，兩位如有相助之心，就請快將那靈藥擲下；兩位如無相助救我兄弟之心，而只是隨意說說，那麼，就請各位都出去，也讓我兄弟死得安靜些。」

這峨嵋豹囊說話的聲音雖然極為微弱，但那豪氣卻仍然冰冷森寒，管寧聽了心裡不禁一凜，暗忖道：「這峨嵋豹囊難怪會被人稱作『雙毒』，此刻一見，果然毒得可以，也冷得可以。他此刻性命垂危，求人相助，說話卻仍是這副腔調，平日的為人，更可想而知了。」

樂水老人目光一轉，哈哈一笑，道：「敝兄弟與兩位雖然素無恩仇，但總算是多年故交，故友有難，敝兄弟豈有袖手之理？」

他一面說話，一面又從懷中取出一個碧玉盒子來，接著道：「這便是我太行祖門的師爺，昔年苦心煉製的靈藥，近年已越來越少，我兄弟這次出來，也只是帶得二盒而已，若非是……哈哈，若非是兩位兄弟，只怕再也難得——」

他邊笑邊說，方自說到「難得」兩字，突覺左肋風聲一凜，大驚轉身，眼前掌影一花，迎面拍來，變生倉促，他舉臂一格，哪知手背突地一麻，他手中玉盒竟已被人奪去。

樂水老人再也想不到，此時此刻，竟會有人搶他手中的玉盒，見這人一擊得手，身形便倏然而退，竟是那少年管寧！他再也想不到，管寧會有如此武功，他卻不知道管寧武功雖不高，但所習的身法招式卻全都是武林最上乘的功夫，是以才能在他猝不及防之下，奪去他手中的玉盒。

這一變故，尤在方才他二人奪去管寧手中的玉瓶之上。唐氏兄弟，樂山、樂水二老，一齊大驚，幾乎同聲大喝道：「你這是幹什麼？」

樂水老人驚怒交集，雙掌一錯，正待縱身撲上，卻見管寧冷笑一聲，打開了盒蓋，送到嘴旁，大喝道：「你要是過來一步，我就將這盒中之藥全吃下去！」

樂水老人身形一頓，心中又驚又奇，要知道這續命神膏，不但是太行紫靴門中的至寶，而且是天下武林夢寐以求的靈藥，這玉盒雖小，但只要這玉盒中所貯靈藥的十分之一，便足以起死人而肉白骨，無論是何門何派的刀創掌傷，只要還未完全斷氣，求得此藥便可有救。樂水老人心疼靈藥，見到管寧如此，便也不敢貿然出手，呆呆地愣了半晌，突地展顏一笑，身形不進反退，連退三步，哈哈笑道：「小兄弟，你是幹什麼？你如有需用此藥之處，只管對我說好了，又何苦如此……」

唐鶴、唐鵬，雖都是生性冷酷、喜怒不形於色之人，但此刻唯一可救他們性命的靈藥，被人家奪去，心中亦不禁驚怒交集，但面色卻仍森寒如冰。只聽唐鵬冷冷哼一聲，緩緩道：「這位小哥，如對我兄弟兩人有什麼不滿之處，也只管說出便是，我兄弟兩人雖然身受重傷，哼哼——」

他冷哼兩聲倏然住口，言外之意，自是「我兄弟雖然身受重傷，卻也不會示弱於你」。

管寧目光如刀，凝注在唐氏雙毒面上，望也不望樂山、樂水一眼，說道：「在下與閣下兄弟兩位，素不相識，續命生肌靈膏，雖然妙用無方，在下卻也不需用此物，只是……」

他語聲未了，唐鵬已接口道：「那麼你如此做法，難道是存心要對我兄弟過不去嗎？」

管寧冷冷一笑，沉聲道：「在下如此做法，只是請教兩位一事。」

樂水老人接口哈哈笑道：「原來這位小哥只是要請教唐氏雙俠一事而已，那又何苦如此做法，大家雖然俱無深交，但總算都是武林同源，以後見面的日子還多，如此豈非要傷了彼此的和氣？來來——」

他一面說話，一面抬起腳步，向管寧走去。

哪知，管寧目光突地一凜，冷冷喝道：「在下方才所說的話，閣下此刻，難道已忘記了嗎？」

樂水老人乾笑一聲，停下腳步，卻聽管寧已自朗聲接道：「在下本非武林中人，也不想涉足江湖的恩怨，只是在下卻要請問唐氏雙俠一句，那四明山莊中的數十條人命，兩位該如何交代？」

此話一出，樂山老人、唐鶴、唐鵬，一齊驀地一驚，雖服靈藥，神智仍未完全清醒的瘦鶚譚菁，聞言亦自全身一震。要知道四明山中那件兇殺之事，不但眾人俱有極深關係，而且是武林中人人關心之事。

樂山老人一驚之下，脫口問道：「四明山莊中的人命？難道在那四明山莊中慘死之人，與唐氏兄弟又有什麼關係不成？」

管寧冷笑一聲，朗聲道：「四明山莊中慘死之人，不但與這唐氏兄弟有很大的關係，而且依區區所見，那些人縱然不是他兩人所殺，卻也相去不遠——」

樂水老人雙眉微皺，沉聲道：「老夫雖然未曾參與此事，但聽得江湖傳言，卻是那飄忽無蹤、形如鬼魅的西門一白所為，小哥，你——你只怕弄錯了吧？」

他一面說話，目光卻已投在唐氏兄弟身上，昏黃的燈光之下，只見兄弟兩人雖仍端坐如故，但胸膛起伏甚劇，蒼白瘦削的面容上，也起了極劇的變化，心中不禁一動，立刻接道：「只是小哥你如另有所見，不妨說出來讓大家聽聽，也許——也許——咳。」

他乾咳了一聲，轉過頭道：「反正此刻大家俱都無事，以此來消永夕——咳咳，也算是件趣事。」

他乾咳數聲，卻始終未將自己對唐氏兄弟起了懷疑之意說出來。

管寧微喟一聲，將自己如何誤入四明山莊，如何見著那些離奇之事，如何埋葬那些武林高手的屍身，如何和那白袍書生一齊走出四明山莊，如何又遇著了那翠衣少女，如何避開了烏煞神針，如何又遇著了公孫左足、羅浮彩衣、武當四雁、木珠大師，又如何到北京城……種種離奇遭遇都一一和盤說出，然後沉聲說道：「上了那四明山莊之人，除了西門一白身受巨痛重傷，尚能僥倖未死之外，其餘之人無一生還，但這峨嵋豹囊卻為何獨能逍遙事外？若是他兩人怕事未去四明山莊，但卻有人親眼所見，而且四明山莊中還有他們的豹囊，我在莊前又險些中了他們的烏煞神針，哼，他們雖想將我殺之滅口，卻不知天網恢恢，疏而不漏，他們事機雖密，卻也有被人發覺的一日。」

他侃侃而言，只聽得樂山老人、樂水老人、瘦鶚譚菁俱都連連變色。

樂山老人在他的說話之中，已緩緩走到唐氏兄弟身側，此際雙目一張，凜然望在唐氏兄弟二人臉上，雖未說話，但言下之意，卻是：「你有何話說？」

譚菁知道自己師兄便是死在四明山莊中，他雖然生性冷酷，但究竟兄弟情深，此刻目光中似要噴出火來，若不是傷勢未癒，只怕他早已撲上去了。

唐氏兄弟對望一眼，那唐鶻竟喃喃低喟道：「好厲害的手段。」

目光一抬，在眾人面上一掃，長歎道：「這位小哥如此說來，我兄弟真是百口莫辯，但此事之中，其實還另有蹺蹊之處，各位如信得過我，我——」

哪知——他「我」字方自出口，窗外突地漫無聲息地擊入十數道烏光來，筆直地擊向唐氏兄弟身上。

唐鶴、唐鶻驚呼一聲，和聲往下倒去，樂水老人心頭一凜，雙掌突揚，強烈的掌風，將這些暗器擊落大半。

樂山老人大喝一聲，平掌一擊，「龍形一式」閃電般掠出窗外，樂水老人手足情深，生怕兄弟此去有失，便不及檢視這些暗器是否已擊中唐氏兄弟，一掠長衫，亦自跺腳飛掠而去。

這兩人年齡逾古稀，但身手卻仍驚人，霎眼之間，便已消失在窗外的夜色之中。

管寧大驚之下，定神望去，只見樂水老人掌風空隙中飛過的暗器，雖未擊中唐氏兄弟，但一沾地面竟「噗」的一聲，發出火光來。剎那間，那已經破舊的神幔被點著，熊熊的火勢，即將燒到那已自倒在地上的唐氏兄弟身上。

他驚恐之下，來不及多作思索，一個箭步掠到火勢所在，腦海中閃電般轉了兩轉，尋思該如何撲滅這熊熊火勢。

哪知——

就在他這一猶疑之間，窗外突地一聲冷笑，並肩飛入兩條人影。管寧全身一震，轉目望去，只見兩人一高一矮，全身黑衣，就連頭面都一齊用塊黑巾蒙住，只露出一雙灼灼有神的眼睛，身形之快，宛如鬼魅，腳尖一沾地面，便又飄飄掠起，縱身過來。

此時此地，突然見著如此詭異的人物，管寧倒吸一口涼氣，壯膽喝道：「你是誰？意欲何為？」

身形較高的黑衣人陰惻惻一聲冷笑，忽地反手擊出一掌，可憐瘦鶚譚菁，傷勢未癒，待見這一掌是擊向自己腦門正中的「百會」大穴，卻又無法閃避，狂吼一聲，立刻屍橫就地。

管寧心頭一涼，只見這怪人一掌擊斃譚菁，卻連頭也不回，冷冷說道：「我來要你們的命。」

他聲音沙啞低沉，眼見火勢已將燒在自己身上的唐氏兄弟，無力站起，方自就地滾到一邊，聽到這聲音，不禁激靈靈打了個寒噤，顫聲道：「又是你！」

這黑衣人陰陰一笑，道：「不錯，又是我！」

呼地一掌，劈面向管寧擊出。

管寧呆了一呆，直待掌勢已將擊在自己面門上，忽地想起那如意青錢秘笈中所載的一招來，左掌立刻向上一抬，右掌閃電般直切這人右掌脈門，他左掌一擋剛好擋住這怪人的掌勢，右掌一切，部位更是妙到毫巔。

這黑衣怪人想不到面前這少年，竟會施展出如此神妙的招式來，手腕一縮，連退三步。

管寧雖然習得秘笈上這種奇妙無比的招式，卻苦於運用不熟，又不能接連施展，是以一招展出，便無下招。這怪人見他忽然住手，摸不透他武功的深淺，也不敢再次出手。

唐氏兄弟見了這兩個黑衫怪人，心中正自心驚肉跳，掙扎著坐起來，忽見管寧施出此絕妙的一招，心中大喜，只希望他能將這兩人擊敗，哪知管寧卻呆呆地愕住，他兩人又不禁著急。那身形略矮的怪人突地輕叫一聲：「大哥，上呀！」雙掌一錯，手掌一引，左掌又再斜揮，左掌又變掌為指，直點管寧左腰，右掌卻已揮向管寧咽喉。

管寧心中方自盤算著該如何施出第二招，忽見此人攻來，他心頭一凜，只覺四面竟彷彿都是這人的指風掌影，自己無論向何處閃避，都躲不過他那一指。

其實這一招雖然厲害，但那如意青錢上，卻不知有多少招式可以將這一招輕易地化解，但是管寧不但想不起來，即使想起來也不會運用，只得向後一退，但他身後卻是正在燃著的神幔，熊熊的火勢，燙得他心神一顫。這時他前有敵招，後有火勢，正是危如懸卵，他情急之下，右掌向右一掛，左掌向左一閂，身形乘勢一衝——

他情急之下，胡亂施出一招，施出過後，遂想起這一招也是那如意青錢中所載的妙招，彷彿叫作「鐵柵欄」。這黑衣怪人眼看他已將傷在自己手下，哪知他右掌突地用「崩」拳一掛，左拳用「橫」拳一閂，彷彿像是五行拳中的「鐵索橫江」，又彷彿像是太極拳中的「如封似閉」。但威力妙用，卻仍在這兩招之上，使得自己竟不能不收招而退。他又連退三步，愣了一愣，卻也不知道這一招精妙的招式，究竟是何門何派的。

要知道如意青錢中所載的武功，俱都是武林絕傳已久的絕技，這兩個黑衣怪人雖然大有來歷，武功很高，就憑管寧此刻的武功，十個也不是這兩個的敵手，但管寧施出這兩招來，卻讓這兩人齊都愣了愣，更摸不透對手武功的深淺。

但火勢越燒越大，這兩人縱然再也不出招，就這樣擋在管寧身前，管寧也立刻被火勢燒著，只是這兩人方才用調虎離山之計，調開仁智雙老，此刻便生怕他兩人發覺受騙，立刻轉來，是以這兩人亦自不耐，兩人私下交換了個眼色，正待一齊施殺手，速戰速決，將對方傷在掌下。

哪知——

窗外又是一聲輕叱，竟又飛快地掠入一條人影來，神情匆忙焦急，一進來，更不答話，揚手一劍，斜斜向這兩人揮來。他手中之劍像是甚短，但這一劍揮來，威力卻頗驚人，只見碧光一溜，有如閃電，卻看不清他這一劍的方向。

這兩個黑衣怪人似乎也看出來人不是庸手，一人面對管寧，一人卻回轉身來，一掌劈向對方肋下，右腿突地無影無蹤向下踢起，踢向對方的脈門。

管寧面對著這兩個黑衣怪人，心中正自驚愕交集，忽見窗外掠入一個人影來，他只當是那兩個老人已然轉回，哪知他定眼一看，只見這人身影窈窕，一身翠衫，火光之中，滿臉俱是惶急之色，瞟向管寧，焦急關切之色，滿現於一雙妙目之中。

原來這人竟是那一去無蹤，但卻時時刻刻俱在管寧心念中的凌影！

朔風凜冽，寒雪紛飛。

帶著雪花的寒風，從這荒祠正殿四面破敗的窗櫺中吹進來，更助長了火的威勢，破舊的神幔上，燃燒著的火勢，剎那之間，已將房頂燒得一片焦黃，也已將傷及身受重傷的唐氏兄弟，以及被那突來的驚喜驚得呆住了的管寧身上。

他再也想不到凌影會在此時此刻突然現身，只見凌影手腕一旋，避開這身材較矮的黑衣人突地踢出的一腿，手中劍卻順勢一轉，立即斜挑而上，唰地，又是一劍，挑向對方的咽喉，一雙秋波，卻時時刻刻地瞟向管寧，目光中又是惶急，又是幽怨，卻又是一種無法掩飾的情意。

那黑衣人雖然暗驚她劍式的狠辣快捷，但見了她面上的這種神色，心中不禁暗喜，雙掌一分，突地從劍影中搶攻過來，口中喝道：「大哥，這妞兒不要緊，交給我好了，你只管對付那男的。」

手揮指點，瞬息間攻出數招，招式亦是狠辣快捷，兼而有之，叫凌影絲毫喘息不得。凌影心中又驚又慌，雖然一心想過去護衛管寧，但偏偏又無法分身，咬緊牙關，揮動短劍，但見碧光閃閃，恨不得一劍就將對方殺死。

要知道劍為百兵之祖，載於拳經劍譜，都有著一定的規格長度。

但凌影掌中的這口碧劍，卻比普通劍短了不止一半，竟像是一柄匕首，平時藏在袖中，這正是「黃山翠袖」仗以成名的武器，劍法完全是以快捷凶險見長，傳自初唐的女中劍俠公孫大娘，此刻凌影惶恐之中，更將這本已凶險無比的劍法，施展得比平日還要凶險三分，招招式式，都直欺入對方的懷裡，直似近身肉搏。

管寧目光動處，只看得心驚膽戰，幾乎忘了身前還有一個人在，口中連連喊道：「影兒，小心些，小心些……」

他語聲未了，忽聽身後的唐氏兄弟拚盡全力，大喝一聲：「你小心些。」

管寧心頭一跳，只見那叫作「大哥」的黑衣漢子，已自漫無聲息地欺了過來，劈面一掌向管寧迎面打來。管寧雖已驚覺，但發覺已遲，眼前這一掌劈來，竟是無法閃避。

哪知黑衣漢子掌到中途，突地身形一閃，又退了回去。

管寧心中不覺大奇：「他這是幹什麼?難道他無法傷我！」他卻不知這漢子方才被他無意施展出的一招絕學驚退，此刻雖又攻來，但心中絲毫不敢大意，是以這劈面一掌，原是虛招。

他一招擊出，卻見管寧仍然動也不動地站在當地，只當管寧識破了他這一招的虛實，心中不禁又為之一驚：「這少年武功經驗怎地如此老到？」身形一縮，竟又退了三尺，露在蒙面黑巾之外的一雙眼睛，上下打量著管寧，實在不知道這少年的武功深淺，更不知道這少年的身分來路。

火勢更大，竟已將屋頂燃著，管寧與那叫作「大哥」的黑衣漢子面面相對，心裡在七上八下地估量著對方的心意，而管寧心中，只望凌影能夠得勝。

他偷眼望去，只見一團碧光裹著一條人影，似乎凌影已占上風，心中不禁暗喜，他卻不知道凌影此刻心中正是驚恐交集。原來，她招式雖狠辣快捷，但這黑衣漢子似對她的招式頗為熟悉，無論她施出多麼詭異狠辣的招式，卻都被對方輕輕化解了開去。

她心裡又驚又奇：「這黑衣漢子是誰?怎地對我的劍法如此熟悉？」

幸好她身法輕靈，招式上雖被對方占得先機，但一時之間也不至落敗。

「峨嵋豹囊」唐氏兄弟一生稱雄，此刻卻落得這種狀況，兩人俱都是武功高強，經驗老到之人，心中已知道自己是凶多吉少，熊熊的火勢，雖還未傷到他們身上，但炙熱的火焰，卻已使他們有一種置身洪爐的痛苦。

唐鶻暗歎一聲，突地振起精神，叫道：「我兄弟生死不足惜，兄台也不必這般護衛於我等。」

那叫作「大哥」的黑衣漢子目光動處，只見管寧仍然動也不動地站在地上，面上似是木無表情，他自然不知道管寧此刻正是心慌意亂，五中無主，還只當這少年藝高人膽大，有著超人的謹慎功夫。原來這黑衣漢子一生深沉謹慎，此刻自然不敢輕舉妄動，聽到唐鶻的話，方自立刻接口道：「是了，我與你毫無冤仇，何必來蹚這攤渾水？」言下之意，自是叫管寧快些走路，自己便也不難為他。

哪知唐鶻卻冷笑一聲，又道：「我兄弟死後，只望兄台能替我兄弟到四川唐家去通知一聲，叫本門中人為我兄弟復仇。」

那黑衣漢子目光灼灼，望向唐氏兄弟，聞言亦自冷笑道：「對極，對極，你若如此做，就也算得是無愧於他兄弟二人，何苦多管閒事？」

他兩人輪流而言，說話的對象，卻都是衝著管寧一個人。那黑衣人一心想將唐氏兄弟殺死，卻並不怕他兄弟二人尋人復仇，他不知道管寧功力深淺，不願貿然動手，是以此刻說出這種話來。

卻聽唐鶻又道：「只不過我兄弟還有一事，若不說出，實在死不瞑目，那便是……」

黑衣漢子大喝一聲：「要死就死，多說什麼！」身形微動，似又將欺身撲上。

哪知……

管寧卻突地大喝一聲：「停住！」

黑衣漢子一驚之下，果然停住腳步，管寧見了，心中大喜，暗道：「這傢伙果然有些畏懼於我。」

要知道管寧本是絕頂聰明之人，起先雖在奇怪，這黑衣漢子為什麼空自滿眼凶光，卻不敢上來和自己動手。

後來他想來想去，心中突地一動，忖道：「難道是這漢子見了方才我施出的那一招，以為我身懷絕技，是以不敢動手？」

是以他此刻一聲大喝，黑衣漢子身形一頓，他便越發證實了自己的想法，故意冷笑一聲，緩緩說道：「我與這唐氏兄弟非親非故，本不願多管你等閒事，何況我一生最不喜歡兇殺之事，是以方才手下留情，也不願傷害到你，你若真的逼我動手，那麼……哼哼！」

他語聲故意說得傲慢無比，但心中卻仍有些忐忑，不知道自己這一番話，能不能嚇得住人家。

哪知道他這一番信口胡謅，不但說得極為逼真，而且還直說到別人心裡。那黑衣漢子聽了，目光果又一變，心中暗忖：「我起先一掌劈去，平平無奇，但卻留下極為厲害的後招，但是他只左掌一揚，右掌一切，不但以攻為守，妙到毫巔，而且竟還封了我預留的後招。」

他心念一轉，又忖道：「到後來他施出的那一招，既非五行拳中的鐵索橫江，又非太極拳中的如封似閉，但卻兼有這兩招之長，能守卻又能攻，這兩招式之詭異奇妙，當真是令人聞所未聞，但是他明明占得先機，卻不乘勢而攻，想來真的是手下留情。」

他心念忖之間，那邊正自激戰得難分難解的兩人，亦自聽到管寧方才所說的話。凌影對管寧的武功知之甚詳，聽到管寧說出這種儼然是絕頂高手的話來，心中既驚又怪卻又惶急，面上自然也就流露出來。

那身量較矮的黑衣漢子見了她面上的表情，心中突地一動，雙掌連揮，切、抓、點，攻出四招，口中大喝道：「大哥，你莫聽他的鬼話，他根本是銀樣蠟槍頭，經不得打的。其實他心中亦無十分把握，此番說的不過是詐語而已。」

管寧聽了，心頭不禁一涼，但他知道這是自己的生死關頭，背後火勢雖熱炙得他火燒毛燎，心中雖驚恐，但面上卻絲毫不露出一絲神色，突地仰天大笑幾聲，朗聲說道：「經不得打的……哈哈！哈哈！」他一連狂笑了四聲，笑聲突地一頓，冷冷說道：「我若是右掌自左而右，劃向你胸乳之間，左掌橫切，切向你的腹下，讓你明明以為……」

他語聲未了，那身材較矮的黑衣人，已又搶口喝道：「你胡吹些什麼，這算是什麼厲害招式？」

管寧目光仰視，望也不望他們一眼，負手而立，冷笑說道：「我右掌明明是以指尖劃向你右乳上一寸六分屬肺經的右上血海穴，但是我手掌揮處，其實卻是點向你左乳上一寸六分屬肝經的血海穴，然後手腕一抖，乘勢又點向你屬厥陰肝經的左期門穴處。」

他一口氣說到這裡，語聲頓也不頓地往下接著又道：「我左掌明明是橫切你臍下三寸，小腸之幕的關元穴，其實左肘一回，卻撞向你大橫肋外，季肋之端，骨盡處，軟肉邊，臍上三寸，左去六寸，屬足厥陰肝經的章門大穴，而左掌乘勢一揚，卻反掌揮上，你此刻若想避開我右掌，必定向左後方退去，我左掌這一揮，正好拍你喉結下一寸的天突大穴，以及天空穴再下一寸六分的璇璣大穴，而右掌恰好在此時圈回，點向你手厥陰穴，屬心包絡，腋下三寸，乳後三寸，著肋直腋，撳肋間的天池穴。」

他頓也不頓，想也不想，一口氣說到這裡，方自冷笑一聲，道：「這簡簡單單的一招，我腳都可以不動，請問你如何抵擋？」

要知道他本是過目成誦的九城才子，早已將如意青錢上的秘技背得爛熟，真正動起手來，雖因動手經驗，與武功根基之不足，是以不能將之隨意施展，但此刻由口中說出來，不但全都是武功上的絕妙招式，而且對於穴道位置的分辨，更像是瞭若指掌，全都是武林人夢寐以求的內家絕頂要訣。

這一番話不但聽得那黑衣漢子目定口呆，冷汗直流。便是唐氏兄弟也聽得兩眼發直，就連明知他武功平常的凌影，聽了心中也不禁又驚又喜，心裡竟也懷疑起來：「他莫非是身懷絕技，故意深藏不露？」

這其間一切事的變化，都是隨著在場各人心理的變化而發生，而心理之變化僅是一瞬之間事，但筆下描述卻費事頗長，但當時卻極快。

就在這剎那之間……一直交手未停的凌影，方自施出一招「神龍馭風」，左肩突地一震，「啪」的一聲，竟被那身材頗矮的黑衣漢子擊了一掌。

她只覺肩胛之處痛徹肺腑，不由自主地「哎喲」一聲，呼出聲來，只是她多年苦練，雖敗不亂，右掌碧劍招式仍未鬆懈而已。

而那叫作「大哥」的黑衣漢子，口中雖在縱聲狂笑，藉以擾亂唐鶻的語聲，但心中卻在轉念頭，他見到管寧仍然站著不動，心中又已有些懷疑：「這少年怎地不來阻止於我？」

此刻凌影一聲驚喚，卻使得他心念又自極快地一轉，忖道：「呀，我莫要被這少年愚弄了，想這女子與他本是一路，他怎地不加援手，除非……」

這心念在他心中一閃而過……

凌影驚呼方自出口。

管寧心中方自一驚。

這黑衣漢子「大哥」口中突厲叱一聲，身形暴起，唰地撲向唐氏兄弟，雙掌齊出。

呼的一聲。

風助火勢，管寧衣角一揚，沾上火苗點點，他根本未曾感覺，咬牙跺腳，一個箭步躥過去。

只聽唐氏兄弟接連兩聲慘呼。管寧心頭又一顫，揚手一掌，向那身材較矮的黑衣漢子擊去。「大哥」厲聲狂笑。

凌影驚呼一聲：「小管，你莫動手！」

又是呼地一陣狂風，火舌捲上了「峨嵋豹囊」唐氏兄弟的屍身。

黑衣矮漢陰惻惻一聲冷笑：「原來你真的是銀樣蠟槍頭！」翻身一掌，

他已自從管寧一掌後來的掌風之中，發現這少年還是不行。「啪」地一掌，兩掌相交。

「大哥」厲笑之聲未絕，微擰身形，掠向管寧。管寧只覺掌心一熱，盡力一震，蹬蹬蹬，退後三步。

凌影驚呼一聲，青鋒連環，劍花如雪，唰唰唰唰，一連四劍，將黑衣矮漢迫退一半，纖腰猛擰，唰地掠向管寧。

「大哥」厲笑中，掠到管寧身側，伸出手掌，當胸拍去。管寧大驚之下，方待急閃……凌影嬌聲中，已自掠了過來，青鋒一領，唰地劈下。「大哥」掌方遞出，寒光已至，他不求傷敵，但求自保，身軀微斜，反腕斜剪，四指如剪，剪向凌影的脈門。

管寧驚魂初定，站穩身形。凌影腕肘微縮，反腕又是一劍，身軀借勢一轉，擋在管寧身前。黑衣矮漢冷笑一聲，一掠而至。

管寧目光動處，大喝一聲，猛力一躍，擋住黑衣矮漢的來勢，連環擊出雙拳，勢如瘋虎。他這幾拳完全不合章法，但卻是拚了性命擊出，再加上他此刻內力已非昔比，是以方才接了人家一掌，並未受傷，是以這幾拳竟亦風聲虎虎。

黑衣矮漢愣了一愣，只當他又使出什麼怪招，身形微退，目光一閃，只見管寧這幾拳空門露出，不禁冷笑一聲，左掌一揚，右掌緩緩劃了個圓弧，突地「唰」地一掌劈下。

管寧連環擊出數拳，拳拳落空，忽見人家一掌劈來，竟容容易易地從自己雙拳中直劈而下，他忽地身軀後仰，胸中忽有靈光一閃，左右雙拳，各劃了一個圓弧，交揮而出，右腿乘勢一踢，右掌忽地一頓，變掌為指，疾點而出。

這一招三式，快如閃電，攻守俱兼，時間、部位，莫不拿捏得妙到毫巔，他生死交關之下，竟又施出一招妙絕天下的高招。

黑衣矮漢一掌劈出，滿心以為手到擒來，哪知肘間突地微微一麻，他大驚之下，猛見對方三式俱來，唰地，「金鯉倒穿浪」，後掠五尺，定了定神，只覺背脊已出了一身冷汗。

那邊凌影劍光縱橫，正和「大哥」鬥在一處，她左肩已受微傷，多少影響到一些招式的施展，而她就在這霎眼間，又似乎發現這叫作「大哥」的黑衣漢子，身手還比自己方才的對手高明。她不禁暗中長歎，只道今日自己與管寧都是凶多吉少。哪知幾個照面一過，她竟覺得自己與這「大哥」動手，竟似乎要比方才輕鬆得多，她心中不覺大奇，但心念一動，卻又立刻恍然。

原來「大哥」武功雖高，對凌影這種江湖罕見的劍法，卻不熟悉，是以動手之間，便得分外留意，而另一黑衣漢了卻似對她所施展的劍法瞭若指掌，是以著著都能搶得先機。

一念至此，劍勢一領，身形展動，身隨劍走，劍隨身發，左臂雖不能展動，但右掌這口劍專長偏鋒，剎那之間，但見青鋒劍影，有如滿天瑞雪，劍式竟比方才還要激烈幾分，可是她心中卻仍不禁暗自尋思。

「那較矮些的黑衣漢子究竟是誰？他怎地會對我劍法的招式如此熟悉？」原來「黃山翠袖」一脈相傳的劍法，不但武林罕睹，而且簡直是絕無僅有，武林中知道此路劍法的人，可說少之又少，是以凌影此刻心中方自大起懷疑，但想來想去，卻也想不出頭緒。

而這一切事，卻亦是發生在剎那之間的。

風聲、火勢、嬌叱、驚呼、劍光、人影、拳風、劍嘯。

突地。

轟然一聲！

一條本已腐朽的屋樑，禁不住越燒越大的火勢，帶著熊熊烈焰，落了下來，剎那之間，但見……木石飛揚，塵土瀰漫！風勢呼嘯！烈火威騰！劍光頓住！人影群飛！

沙塵……沙塵……沙塵……沙塵……

火！火！火！火！

在這漫天的沙塵與烈火之中，管寧、凌影，依牆而立，穿過火光，舉目望著站在對面牆角的那兩個黑衣漢子，心中怦然跳動，煙塵與烈火飛揚，但是，方才捨生忘死的拚鬥，此刻都已在這跳動與飛揚之中平息。

靜寂……風聲呼嘯……一條頎長秀美的人影，突地了無聲息地出現在門口，熊熊的火勢，映著她如霧雲鬢如花面靨。

「誰是門口那輛馬車的主人？」

聲音嬌柔，但卻冰冷，每一個字都生像是由地底湧出來似的。管寧心頭一震，轉目望去，卻見那當門而立的人影，赫然竟是「絕望夫人」！

她緩緩地移動著目光……目光掠向管寧，管寧頷首沉聲道：「在下便是！」

她目光依然移動著……目光掠向凌影，凌影竟微微一笑，她竟也微微一笑，管寧大奇：「她倆竟然是認得的！」

她目光依然移動著……目光掠向那兩條黑衣漢子，然而……那兩條黑衣漢子卻已在她目光到來之前，齊地跺足縱身，穿窗而去，霎眼之間，便已在沉沉夜色之中消失無影。

絕望夫人冷冷一笑，突地回過頭來，道：「還站在這裡幹什麼？被火燒的滋味可當好受？」

羅袖一拂轉身走了出去，管寧怔了一怔，轉目望去，只見凌影也正在望著自己，他心裡一動，竟又忘了熊熊火勢，忘情想去捉凌影的手，口中道：「影兒，我……真想不到你來了。」

哪知凌影將手一甩，竟又不再理他，轉身掠出門外。管寧愕然道：「難道我又有什麼地方得罪了她？」

其實他雖聰明絕頂，卻又怎猜得到少女的心事？

他垂首愣了半晌，心中越想越不是滋味，長歎一聲，走出門外，一陣風吹過來，他陡然一凜，定了定神，背上有些火辣辣的燒痛，原來他方才背火而立，火雖未將他燒著，卻已烤得他不輕，只是他那時心情緊張，卻根本沒有注意到。

頹敗祠堂，在他身後燒得畢畢剝剝的聲音，他走出門外只覺得千種懊惱、萬種失意，齊地湧上心頭，心中暗道：「管寧呀管寧，你到底做了些什麼？唉……」

大步走了兩步，只見那輛本來停在門口的馬車，已遠遠牽到路邊，還有一輛馬車，停在這輛車旁，正是那少年「吳布雲」的車子，凌影坐上車轅，似乎正在和那絕望夫人含笑說著話，見他來了卻陡將臉一板，他心裡又氣又惱：「你何苦這樣對待我！」

於是故意不望她，走到絕望夫人面前躬身一揖，大聲道：「多謝夫人相救之德……」

絕望夫人微微一笑：「你只怕謝錯人了吧？救你的人又不是我。」

凌影鼻孔裡哼了一聲道：「我又不是救他的。」

管寧愣了一愣，心中又自暗歎一聲道：「多謝夫人將這輛車送回，我……在下……」

他心裡又是失望，又是氣惱，雖然心裡有許多疑問，但卻一件也不想提起，只想快些見著吳布雲辦完正事，一時之間他只覺無話可說，心想：「我雖不是你救的，但車子總是你送回的吧！那麼我謝你一謝，然後就走。」哪知絕望夫人卻又微微一笑，道：「車子也不是我送回來的，若不是這位妹子，只怕此刻我已駕著你的車子到了北京城了。」

凌影鼻孔裡又哼了一聲，道：「這種不識好歹的人，根本就不要和他多話。」

管寧愣了一愣，心想：「我何嘗不識好歹來了？」

卻聽絕望夫人接道：「非但你不必謝我，我還得謝謝你才是。若不是你，我哪裡找得著這個，我得要謝謝這位妹子，若不是她，只怕……」

她輕輕一笑，只見她笑如清蓮初放，她見了管寧和凌影各將目光偏在一邊，故意不望對方一眼，心裡覺得好笑，但想到自己，又不覺有些黯然。語聲一頓，呆了一呆，方自展顏笑道：「不但我要謝謝這位妹子，只怕你也應該謝謝這位妹子呢！」

凌影眼眶一紅，回過頭去，伏在轅上。她為了管寧當真是受盡千辛萬苦，方才管寧在危難之中，她又奮不顧身跑去相救，但等到事了，她心裡卻又想：「你對我那樣，要幫別人來殺我，我卻這樣……」

心裡火氣又上來了，轉頭走了出去，故意不理管寧，其實心裡卻又希望管寧追過來陪話，好讓自己平平氣。

她卻不知道管寧初涉情場，哪裡知道她這種少女的微妙，她也不想是自己先不理人家的，此刻見了管寧不理她，想到自己所吃的苦，越想越覺委屈，眼眶一紅，竟伏在車轅上啜泣起來。

管寧這倒更弄不懂了，眼望著絕望夫人，好像要她告訴自己這究竟是怎麼回事。絕望夫人一笑走到凌影身側，輕輕撫著她的肩膀道：「妹子，你別哭，有什麼人欺負了你？姐姐替你做主。」

管寧心中恍然，大怒忖道：「原來是有人欺負她了，難怪她如此委屈。」心裡只希望凌影快些將那欺負她的人說出來。

哪知凌影一掠秀髮，手指一伸，竟筆直指向他的鼻子：「他欺負了我。」

她淚痕未乾，朱唇輕咬，但是滿臉又怒又恨的神色。

管寧心裡卻一驚：「我幾時欺負她了？」

瞪著眼睛，張開嘴巴，作聲不得。絕望夫人見著他的樣子，心裡忍住笑道：「原來是他欺負了你，姐姐替你報仇。」

卻聽凌影噗哧一聲，竟也笑出聲來，原來她見了管寧的樣子，也忍不住要笑，絕望夫人秋波一轉，喲了一聲，噗哧笑道：「原來你們是鬧著玩的呀，幸好我還沒有動手，不然的話，只怕妹子你反而要來找我報仇。那才叫作冤枉哩。」

凌影面上又哭又笑，心裡的委屈，卻早已在這一哭一笑中化去，她狠狠地瞪了管寧一眼。管寧此刻縱然真呆，心裡卻也明白了幾分，但覺心裡甜甜的，走過去當頭一揖，含笑道：「影兒你莫見怪，都是我不好……」

凌影心裡早已軟了，但嘴上卻仍是硬的，竟又一板面孔，道：「喲！這我可不敢當，管公子有什麼不好的地方，千萬別向我賠禮，我可擔當不起。」

管寧忍住笑道：「我不好，我不該時常欺負你，故意不睬你……」

話聲未了，他自己忍不住笑了，肩上卻著了凌影一拳，但凌影這一拳卻無內力，更無外勁，正是「高高舉起，輕輕落下」，打在管寧身上，管寧非但絲毫不痛，反而笑得更厲害了。

絕望夫人見到這一雙少年男女打情罵俏的樣子，回頭望了那輛大車，車裡正臥著昏迷不醒的西門一白，她忍不住幽幽一歎，回轉頭向車內望了一眼，輕輕道：「紅兒，大爺的脈息可還好吧？」

車裡面一個甜甜的聲音道：「大爺睡得很熟，夫人你放心好了。」

管寧與凌影四目相投，心裡但覺方才的千種懊惱，萬種失望，此刻卻成了千種柔情，萬種蜜意。哪知凌影卻又一板面孔，道：「你望我幹什麼？」

管寧一愣，卻見凌影目光一斜，櫻唇一撇，輕輕罵道：「呆子！」

管寧順著她目光望去，見到「絕望夫人」沈三娘的神情，不禁暗罵自己：「我怎地如此糊塗，明明知道絕望夫人便是那白衣……西門一白的……夫人，先前竟想不出來。」

此刻他對一切事雖已恍然，但有些事卻仍要用心思索，於是也走了過去道：「夫人，那白……西門前輩的傷，大概不礙事的，他已服下翠袖護心丹……」

沈三娘回頭淡淡一笑，道：「我知道，這些事那位妹子都已跟我說過了。」

她語聲一頓：「聽說一白的腦筋……唉，有一些迷糊了，什麼事都不記得，是嗎？」

管寧頷首一歎，道：「若是西門前輩的記憶未失，那麼什麼事都極為清楚了。」

沈三娘目光又呆呆地望在車裡，緩緩道：「但是我相信一白不會做出那種事的……」突地回過頭：「你說是嗎？」

管寧歎道：「我如非此種想法，那麼……唉，夫人，這件事的確錯綜複雜，直到今日，我仍然茫無頭緒，而且越來越亂，本來我以為此事乃峨嵋豹囊所為，哪知……他兩人此刻卻又死了……」

凌影早已走了過來，依依站立絕望夫人身側，此刻突地插口道：「這件事雖然錯綜複雜，但只要弄清幾件事，一切便都可迎刃而解了。」

管寧目光一亮，急道：「一些什麼事？」

凌影緩緩扳著指頭道：「第一件，我們該弄清西門前輩是中了什麼毒？什麼時候中的毒？又是中了什麼人的毒？第二件，我們該弄清他的記憶怎地失去的？第三件，我們最好能將他的記憶恢復過來……」

她一本正經扳著手指頭，緩緩說著。管寧聽了，卻只覺又是好氣，又是好笑，忍不住接口道：「是極是極，我們最好能算個卦，將兇手算出來。」

沈三娘心中雖然煩惱，但此刻卻忍不住輕輕笑出聲來。

凌影一愣，氣道：「怎地，我說錯了麼？」

沈三娘見了她的樣子，柔聲道：「妹子，你沒有說錯，但是你說的三樣，卻都是茫無頭緒可尋，他所說的茫無頭緒，就是指的這些事呀！」

凌影秋波一轉，想了一想，不禁紅生雙頰，恨恨對管寧道：「好，我又說錯了，管才子，你聰明，你倒說說看。」

凌影櫻唇一撇，像是又生氣了，管寧忙道：「你說的全對，但這些事除了第一件西門前輩是中了什麼毒，還有希望查出之外，別的事的確茫無頭緒。」

他心念一轉，突地想到峨嵋豹囊臨死之際所說的那些話，心中好像驀地捕捉到一些什麼，目光一垂，竟突地沉思起來。

凌影柳眉輕顰，似乎又想說什麼，卻被沈三娘輕輕一擺手阻止住了，只見管寧俯首沉思半晌，突地抬起頭來，沉聲道：「我此刻像是有一些頭緒，只是我一時還未能完全抓住。」

沈三娘微微笑道：「你且說出來看看。」

凌影忍了半天，此刻忍不住道：「我們可以找個地方去避避風，坐著說好嗎？我……我實在累了。」

沈三娘微一歎，道：「也真難為了你，是不是有好幾天沒有睡了？」

凌影垂下目光，輕輕點了點頭，道：「這些日子，我一直睡得不夠。」

管寧癡癡地望著她，刹那之間，只覺心中浪潮洶湧，不由自主地走了過去，輕輕道：「你是不是一直在暗中守望著我……」

凌影一甩手，輕輕啐了一聲，嬌靨之上，卻又滿生紅霞。

沈三娘歎道：「這位妹子對你……唉！真是少有，我也得感激她，若不是她，只怕我今日也看不著一白了。」

管寧心中一動：「影兒，那些刀劍和耳朵，可是你送進去的？」

凌影秋波一轉，忍不住，噗哧一笑，像是突然想起了什麼好笑的事一樣。

管寧奇道：「你笑什麼？」

凌影道：「等會再告訴你，現在天都快亮了。」

她話聲未了，管寧心頭突地一震。

「天快亮了，天快亮了……」突地掠上馬車，道：「快走，快走，再遲就來不及了。」

突又掠下車，走到另一車旁，打開車門一望，只見公孫左足還安然臥在裡面，鬆了一口氣，又掠上馬車。

「快走，快走，再遲就來不及了。」

同樣的一句話，他卻一連說了兩次，而且神態更是慌亂。

凌影大奇，問道：「你瞧你，幹什麼呀？慌成這副樣子。」

管寧道：「我與一人明日午前，約在妙峰山見面，再遲就趕不及了。」

凌影笑道：「是否就是那個撞你車的人？」

管寧一愣：「原來你也看見了。」

凌影笑道：「我非但看見，而且還忍不住要出手哩……你們那時真有些糊塗，什麼人在你們旁邊，你們都不會發覺的。」

管寧心下大為感動，暗歎忖道：「原來她真的一直跟著我。」

卻聽沈三娘突地冷笑一聲，說道：「不但他們那時有些糊塗，只怕我們此刻也有些糊塗哩！」

凌影、管寧俱是一愣。

只見，沈三娘目光陰寒地望著路旁的枯樹的陰影，冷冷又道：「只不過若有人要把我沈三娘當作瞎子，那他就錯了。」

她語聲一頓，突地大喝道：「朋友，還不出來！」

第十章　車座下的秘密

但枯木陰樹中，卻仍無聲音，沈三娘柳眉一軒，目光之中，突地滿布殺氣，管寧心中一涼。

「看她平日嬌笑之態，有誰會知道她發怒之時，竟是如此可怕。」

只見她身形方自微微一動，枯木陰影之中，已自緩緩走出兩個人來，卻正是那仁智二老。

管寧、凌影對望一眼，心中既是慚愧，又是佩服，耳聽沈三娘冷冷地道：「我當是誰，原來是你們兩位，我真沒有想到年高望重的仁智雙老，也會……」

語聲一頓，身影突地飄飄掠起，凌空一轉，橫飛丈餘，向另一方向掠去，口中一面喝道：「你也給我站住！」

倏然一個起落，身形便已遠去，輕功之妙，端的驚人。

仁智雙老對望一眼，似乎在暗中慶幸自己沒有逃走。管寧心中亦是大為驚服，這絕望夫人看來弱不禁風，卻有如此身手，一面卻又暗中奇怪：「還有一人，會是誰？」

對於仁智雙老伏在暗處，卻並不奇怪。

他知道兩人一心想自己帶他們去找那少年「吳布雲」，是以方才追了半天，沒有追到，就折了回來，只是他們看見自己和絕望夫人在一起，是以不敢現身，只得隱在暗處，但暗中居然另外還有一個人，卻令他料不透了。

「難道是那個黑衣大漢？」他心中暗忖，「若是他們，那可好了，我只要能見著這兩人的真面目，那麼……」

他心念方轉，只聽樂水老人冷冷笑道：「閣下方才所說的話，是否算數？」

管寧劍眉一軒，朗聲道：「小可從來不會食言背信，兩位只管放心好了，明日午前，我一定帶兩位去見那『吳布雲』之面。」

遠處隱隱有嬌叱之聲傳來，像是絕望夫人已和人動手。凌影微微一皺眉，道：「我去看看。」唰地掠起身形，倏然兩個起落，亦自掠去。

仁智雙老對望一眼，樂水老人突地身形一動，掠到馬車前，探首一望，脫口呼道：「果然是他，他果然真受了傷。」樂山老人長眉一聳，亦自掠了過去。管寧心中一驚，卻見馬車內突地一聲嬌叱，道：「滾開。」

數十點光雨，電射而出，仁智雙老大驚之下，袍袖一拂，身形閃電般倒退數尺。樂水老人喝道：「你這丫頭，怎地如此毒辣！」

車廂內冷笑一聲，又自叱道：「毒辣又怎地？」

人影一花，那身著紅衣的垂髫少女「紅兒」，已自掠了下來，插腰冷笑一聲道：「是他又怎地？受了傷又怎地？難道你們還敢怎樣麼？」

仁智雙老面上連連變色，俯首一看，夜色中，只見滿袖俱是銀星，心中不禁一寒，知道自己方才若不是用這袍袖一拂，那麼縱然退得再快，只怕也免不得要挨上幾下。

他們方才隱在暗處，隱隱聽到幾句言語，便猜想車中之人，可能便是受了傷的西門一白，此刻一見，果然不錯。要知道天下武林中人，大多都將西門一白視為仇敵，這仁智雙老自然也不例外。只見樂水老人目光轉了數轉，突地緩緩道：「那麼，你明天一定可以帶我見他嗎？」

此時此刻，他突又說出這句話來，說得完全不是時候，管寧方自一愣，卻見他語聲未了，突地冷笑一聲，擰轉身形，揚身一掌，擊向紅兒，身形亦自閃電般撲了過去。

要知道這西門一白在武林的地位，端的無與倫比，若是誰能將他殺死，那麼，此人雖然是藉藉無名之輩，也立刻會變得名揚四海。

樂水老人一見這西門一白果是身受重傷，昏迷不醒地臥在車內，心中動了殺機，心想：「那沈三娘此刻不在此處，我若以迅雷不及掩耳的手法，殺了這西門一白，然後再將那少年劫走，這小丫頭暗器雖歹毒，武功諒也擋不住我全力一擊，等到沈三娘回來，我已走了。何況，縱然她追了上來，我兄弟兩人全力和她一拚，也未必畏懼於她。」

這念頭在他心頭閃過，也便立下了主意，口中隨意對管寧說了兩句話，以作掩護，暗中卻早已滿蓄真力，準備痛下毒手。

此刻他身形閃電般掠去，掌風如排山倒海擊來，紅兒大驚之下，橫掌一揮，準備拚死接他一掌。管寧心頭一震，要想阻擋，卻已不及，樂山老人心性雖較為仁厚，但對西門一白卻也存有懷恨之心，更不會去攔阻他兄弟的行事，就在這間不容髮的剎那之間……

管寧長袖突地一揮，閃電般後掌一揚，擊向那匹套車的健馬，他暗器手法雖不高，但擊人不夠，擊馬卻有餘。

「砰」的一聲，擊中馬背的「暗器」也自落在地上，竟是那內貯續命神膏的碧玉盒子。

「砰」的一聲，那匹馬背上果然著了一記，只聽一聲驚嘶，這匹馬竟揚起四蹄，向前奔去。

原來方才那兩個黑衣漢子突然出來，他一驚之下就將這玉盒藏在袖中，方才動手之際，這玉盒雖小，卻在他袖中動來動去，甚是不便，還險些掉出，幸好他動手時間不多，但他心中已在暗中埋怨它的礙事，卻想不到這礙事的東西，到此刻竟派上了大用場。

樂水老人一掌擊去，只見紅兒揮掌來擋，他心中暗罵一聲：「找死！」

手掌一震，只將紅兒震得嬌呼一聲，「噗」地坐在地上，還幸好樂水老人到底見她只是個小女孩，未真的施下毒手。

但她這一跤跌在地上，也覺手腕如折，屁股發痛，心中突地一驚，暗忖著：我身後明明是馬車，怎地我卻會跌到地上？回頭一看，才知道馬車已跑走了。

樂水老人一掌將紅兒震退，正待前行一步，將車中的西門一白擊斃，哪知目光動處，馬車竟發狂地奔開，他心中驚怒交集，腳尖一點，身形倏然幾個起落，那馬車越過大路，奔向道路的另一邊。套車的馬雖在受驚之下，揚蹄而奔，而到底方自起步，是以霎眼之間，就被樂水老人追上。

樂水老人冷笑一聲：「西門一白呀，你這番要死在我手上吧。」

身形一起，正待將馬車拉住，哪知眼前突地人影一花，一個人擋在了他的面前，冷冷道：「你要幹什麼？」

他一驚頓住身形，抬頭望處，只見不知何時，絕望夫人已站在自己面前。他面上輕笑了幾下，方自訥訥說道：「這匹馬突地發狂，我想將馬車拉住。」

絕望夫人冷笑一聲，道：「不勞閣下費心。」

身軀一扭，突地閃電般掠出數丈，玉掌疾伸，輕輕搭上馬車，那匹馬空自揚蹄長嘶，卻再也奔不出一步。

樂水老人見了暗中心驚，立也不是，退也不是，卻聽樂山老人突地在路那邊揚聲喝道：「二弟，庸兒在這裡……」

樂水老人心頭一震，掠了回去，只見紅兒已爬了起來，滿臉蒼白地站在另一輛馬車旁，一手牽著馬匹，想是生像這匹馬也受驚奔出，另一手卻在不停地甩勁，那方才隨著絕望夫人掠去的翠衫女子，此刻也已掠了回來，面帶冷笑，雙手叉腰，站在管寧身側。而管寧此刻卻替倒在地上的一人關節之處不住推拿，樂山老人也站在這人身側，見到樂水老人來了，喜道：「二弟，你看這不是庸兒嗎？」

樂水老人定睛而視，只見地上的一人果然就是太行紫靴公孫尊的獨子，偷跑下山後化名為「吳布雲」的公孫庸。

絕望夫人牽著馬車，緩緩走了過來，秋波一轉，冷冷說道：「原來你們三人是一路的。」

她方才只見一條人影本來避在暗處，見她揭破仁智雙老的行藏，便待逃跑，她閃電般追了過去，只見這人影輕功不弱，她追了數十丈，方才追上，正待喝問，哪知這人影卻一言不發地回過頭來，劈面就是一拳。

這一拳打的部位極妙，拳風虎虎，但沈三娘武功絕高，怎會被他打著？輕輕避開，三兩個照面，便已點中這人的麻穴，這時凌影也已追了過來，一見此人，脫口道：「這人不是和小管一路的嗎？」

她兩人便將此人架了回來，走到一半，沈三娘突地見到馬車狂奔，知道事情有變，丟下了凌影和這少年，飛掠而來，正好及時擋住樂水老人的殺手。

此刻她方自冷笑一聲，說出那句話，管寧立刻抬首道：「此人和我是一路的，絕望夫人看我薄面，解開他的穴道。」

要知道絕望夫人武功絕高，所用點穴手法，亦是獨門傳授。

方才那樂山老人竟亦未能解開，此刻微微一怔。

「明明此人和仁智二老一路，怎地他卻又說和他一路？」但她終於過去解開了「吳布雲」——公孫庸的穴道。突地柳腰一折，手掌乘勢拍出，「啪」的一聲，竟將身側樂水老人重重刮了一下。

樂水老人見她為公孫庸解穴，再也想不到她會出手相攻，而且這一掌來勢如閃電，等他要避已是來不及，臉上竟著了一掌。他在武林中身分極高，幾時受過這種侮辱？當下怒火上沖，方待反目動手。

哪知絕望夫人卻已怒道：「豈有此理，你的頭怎地打到我的手了！」

樂水老人不覺一愣，他平生也未曾聽過這種話，只聽凌影、紅兒，「噗哧」一聲，笑出聲來，他想了一想，方自大怒喝道：「你竟敢如此戲弄於我，怎地說出……」

話聲未了，忽見沈三娘冷冷道：「你方才若是去拉那輛馬車，那麼我的手此刻就是被你的頭打了。」

樂水老人又愣了一愣，心中空有滿腹怒火，卻已發作不出，心想：「這女人果真難纏，想來她已知道我要對西門　白下毒手，這一下打得還算客氣，等會若是被那小丫頭再去挑撥兩句，她豈非要找我拚命？」

他以智者自居，一生不肯做吃虧的事，知道這絕望夫人武功高強，自己萬萬不是敵手，自己年齡這麼大了，若是死在這裡，那才冤枉。一念至此，忍下一口氣，只見公孫庸穴道被解，吐出了一口濃痰，站了起來，便道：「大哥，庸兒，我們走吧。」

樂山老人看到自己兄弟挨打，心裡也是難受，喝道：「庸兒，你爹爹正在苦苦等你，有什麼話，回去再說，現在走吧！」

沈三娘秋波四轉，恍然忖道：「原來他們不是一路的，這倒奇了，聽他們口氣，這少年竟是太行紫靴的兒子，怎地卻偷跑出來，又打扮成這副樣子。」

只見這公孫庸站起身來，一直垂著頭，望也不望仁智雙老一眼，他們叫他走，他也生像沒有聽到。

沈三娘便冷笑一聲，又道：「若是人家不願走，誰也不能強迫的。」

管寧心裡正在奇怪，這少年「吳布雲」——公孫庸明明和自己約在妙峰山下的毛家老店見面，此刻怎地又跑到這裡來了？聽到沈三娘這話，忙道：「正是，正是，吳兄不願走……咳咳，公孫兄若不願走，誰也不能強迫他走的。」

樂水老人滿腔火氣，無處發洩，聽了管寧說話，大喝道：「老夫的家務事，你知道什麼？哼，小孩子多什麼嘴！」

凌影柳眉一揚，方待怒喝，卻聽沈三娘已自喝道：「你說話最好放清楚些，誰是小孩子，年紀大又怎地？」

凌影連忙接口道：「正是，正是，年紀大又怎地？有的人老而不死，就是……就是……」

她想來想去，卻想不出這句話該怎麼說，那紅兒方才被他擊了一掌，雖然未受傷，但怒氣未消，此刻立刻接道：「老而不死是為賊，哈哈……老而不死是為賊！」

她此刻有人撐腰，知道這兩個老頭子再也不敢將自己怎地，竟拍手大笑了起來。

這三個女子一個接著一個，將樂水老人罵個狗血淋頭，哭笑不得，管寧見了，心裡在暗笑，暗忖道：「人道三女便成墟，這老狐狸聰明一世怎地也和女子鬥起口來，豈非自找釘子來碰。」

垂首而立的公孫庸，此刻突地長歎一聲，緩緩道：「敢請兩位叔公回去稟告家父，就說我……唉，我是萬萬不會回去的，除非……」

樂山老人雖未挨打，也未挨罵，但心裡亦大大不是滋味，此刻聞言，乾咳一聲，接口道：「庸兒，你真的如此糊塗？你縱有話說，這裡卻不是說話之地呀，不如跟……」

他話未說完，沈三娘已自冷冷道：「有什麼話在這裡說不是一樣？難道你的話都是見不得人的嗎？」轉向公孫庸道：「年輕人，有什麼話只管說，怕什麼？」

但公孫庸站在那裡，卻就是再也說不出一句話來，樂山老人見了，又道：「庸兒，這次你下山之後，不但我們兩個老頭子出山找你，太行山上的人，幾乎全都出動了，單往京城那邊去的，兩個一撥，就有好幾撥，你若是還不回去，豈不辜負了大家的一片盛意？」

管寧心中一動，突地想起昨天入夜時，和公孫庸一齊見到的那六個一身錦緞勁裝，滿面鬍鬚，騎著健馬的武士來。此刻他才知道這些人原來都是來找公孫庸的，他心裡不禁奇怪：「看情形這人果真對他沒有惡意，那麼他為何又苦苦不肯回去？」

只見公孫庸動也不動，無論誰說什麼話，他都像是沒有聽到。樂水老人雖然一開口就倒楣，但此刻仍忍不住道：「真是不孝的東西，你爹爹那般……」

哪知他語聲未了，公孫庸突地抬起頭來，滿面堅毅之色，沉聲道：「我對兩位叔公一向很尊重，但叔公若再如此逼我，那麼，莫怪我……」

樂水老人變色道：「你要怎地？想不到你不但膽敢不孝違親，還膽敢犯上，我就不信武林中俠義道會有人敢維護你這個敗類。」

眼角一瞟，卻瞟向沈三娘，言下之意，自是「你若是維護於他，便不是俠義之人」。

沈三娘聰明絕世，哪有聽不出來的道理？但她此刻也覺得這公孫庸實在有些無理，眼角一瞥，瞟向管寧，像是在問：「你這朋友究竟是怎麼回事？」

但是管寧亦是滿面茫然之色，卻也不知道。

沈三娘目光轉了幾轉，暗道：「這少年若真是犯上作亂，我又何苦多事？」

心念動處，便有了抽身之意，只聽遠處突地有人大呼道：「走水了，救火呀……走水了……」

喊聲越來越近，人聲越來越嘈雜，原來那祠堂失火，火勢已不可收拾，這裡雖是荒郊，深夜之中無人會來，但此刻已近黎明，早起的鄉人已起床了，遠遠見了火光，便趕來救火。

沈三娘秋波一轉，道：「有人救火了，我們若還耽在這裡，不被人認為是放火的人才怪，大妹子，你和……你和小管坐一輛車，我和紅兒坐一輛車，我們快走吧。」

她分配好坐車的人，卻單單不提公孫庸，自然是準備不再來管此事了。

管寧暗歎一聲，走到公孫庸身旁沉聲道：「吳——公孫兄，小弟要走了，你可……」

公孫庸失魂落魄似的站著，連連說道：「好，你走，車裡的人，交給你了，人交給你。」

管寧見他說話語無倫次，心下不覺一陣黯然，歎道：「這個，你放心好了。」

「那輛車，我也送給你了。」突地極快地低語道，「車座下……」高聲又道：「青山不改，綠水長流，你我後會有期。」

轉身向仁智二老道：「我跟你們一齊回山好了。」

仁智二老對望一眼，展顏一笑：「這才是好孩子。」

話聲未了，人聲已越來越近，而且，還雜有呼喝奔跑之聲，沈三娘一掠上車，喝道：「走！」

凌影亦自掠上車去，卻見管寧仍在呆呆地望著公孫庸，便輕喝道：「小管，你也快上車呀！」

公孫庸連連揮手道：「管兄只管自去。」眼瞼突地一垂：「我……我也要走了。」

大步走向仁智二老。

仁智二老微微一笑，和他一齊走了。

沈三娘冷哼一聲，道：「這兩個老不死，若不是我不願多事，今日讓他們那麼容易走才怪。」

玉掌輕抬，一拉韁繩，揚鞭而去。

管寧目送公孫庸的背影消失，方自掠上了馬車，心裡只覺悶悶的，彷彿覺得自己甚是對他不起，車已前行，他都不知道，心裡只想，這公孫庸絕不會是犯上不孝之人，但這其中究竟是怎麼回事，他卻一點也猜不出來。

凌影手挽韁繩，手揮馬鞭，良朋愛侶，都在身旁，自然甚是興高采烈，嬌笑道：「我雖然生氣走了，但後來也知道我想得不對，就偷偷躲在你家的園子裡，白天躲在一間堆廢物的小房，晚上卻偷偷出來替你家守夜，好在你家那麼大，我肚子餓了，到廚房去偷東西吃都沒有人知道。後來我看你走了，也雇了輛大車跟在你後面，看見你打扮成個車夫的樣子，心裡真好笑，想不到……哈哈，想不到我自己現在居然也當起車夫來了。」

馬車一拐，拐到路邊，她一手拉著韁繩，目光注視大路，又笑道：「不過，你究竟出門太少，太大意了，馬車裡面還有人，你們就不管地走開了，要不是我……」

她語聲一頓，突地側首道：「小管，你怎地不說話？」見到管寧的臉色，不禁嬌嗔道：「好，原來我說的話，你根本沒有聽。我問你，你在想什麼心思？」

管寧定了定神，連忙笑道：「我在想，那耳朵的主人是誰，怎會被你把耳朵剁下來的。」

其實凌影的話，他是聽到了的，只是聽得並不十分清楚。是以他此刻隨口一說，卻說得並不離譜。

凌影雙眉一揚，又高興起來，道：「告訴你，那兩柄長劍，和一口快刀，是兩河武林中非常有名的『洛陽三雄』的，那兩隻耳朵的主人，來頭不小，我只認得其中一個叫作什麼『追風手』，還有一個，我也不認識。」

管寧聽了，心中卻是一驚，「追風手」這個名字，他雖然感到生疏，但「洛陽三雄」的大名，他卻聽他師父一劍震九城司徒文常常提起，知道是北方武林道中極高的好手。他一驚之下，脫口道：「聽說這『洛陽三雄』的武功極高，想不到你竟比他們還要高明些，不過——難道他們與西門一白也有什麼仇恨嗎？」

凌影四顧一眼，放低聲音道：「老實跟你說，這西門一白在武林中聲名實在很壞，就連我師父都說他不好，不過我聽了你的話，卻知道這次事他一定是冤枉的。」

她語聲一頓，笑了笑，突然又高興地道：「那洛陽三雄武功確實不錯，可是那追風手武功可更高，他們以前都吃過西門一白的虧，不知道他們怎麼竟會打聽出西門一白在你家裡養病，就跑來報仇，幸好……」

她又一笑：「幸好我在那裡。」

管寧微微一笑道：「我早就知道這些事一定是你做的。」

凌影柳眉一揚：「真的？」

管寧笑道：「除了你之外，還有誰肯那樣幫我的忙？」

凌影雙頰一紅，嬌罵道：「貧嘴的東西。」

心中卻甜甜的，又道：「不過幸好那些天來的都是二三流的角色，要換了『崑崙黃冠』那些人，我可吃不消了……喂，你知道不知道，我在你門口，看到過他們崑崙派的幾個道人，生怕他們晚上也會去，哪知卻沒有，難道你用什麼話將他們打發走了麼？」

管寧頷首稱是，心中卻暗佩：「這些崑崙子弟，果然不愧是名門正派中人，行事果真光明正大。」

他卻不知道當今崑崙掌門黃冠道人，乃是崑崙派一代掌門，而且生性嚴峻，律己律人，都極嚴厲，門人犯了門規，他從不縱容。是以那笑天道人等心中雖也有些懷疑，卻也不敢犯下門規，夜入民宅。

車聲轔轔，馬車行得甚急，就這幾句話的工夫，已走出很遠。管寧回頭望去，已看不到什麼火光，卻看見東方的天畔，早已露出曙色，只是此刻正值嚴冬，天氣陰暗，終日不見陽光，是以此刻的天色仍極灰暗，他暗中長歎一聲，低語道：「冬天的晚上，可真長呀！」

抬頭望處，只見前面的車子，突地向右一轉，他們向西而行，右轉即是向北，於是管寧知道，他們是往妙峰山的途上奔去。

曉寒更重。

凌影將手中的韁繩、馬鞭，都交到管寧手中，玉手一握，笑道：「天都亮了，我可不做車夫了，你趕車吧。」笑了笑，又道：「天氣真冷，把我的手都快凍僵了。」

嬌軀輕輕向管寧靠了過去。

管寧笑道：「我真是福氣，有你這麼好的車夫。」

心中一動，突又問道：「我奇怪的是，你和那位沈三娘怎麼碰到的，又怎麼把她拉回來的？」

凌影嬌笑道：「你一點也不用奇怪，只要謝謝我就行了，你知不知道，你和那個少年丟下馬車，走了進去，我吹著西北風，替你們守望，後來有兩個傢伙跑來偷東西，看到車子裡是人，兩人都大出意外，一個竟說道，『管他是誰，好歹先做了再說。』我一面聽，吃了一驚，只見他們居然拿起一柄匕首，要往下刺，我就從後面躍過去，一人給了他們一劍。」

管寧輕輕一皺眉頭，說道：「你下手倒辣得很。」

凌影「哎喲」一聲，抬起頭來，道：「想不到你倒是個大仁大義的君子，你不殺人，人要殺你，怎麼辦？哼，真是不知好歹。」

她櫻唇一撇，又自嬌笑起來。管寧一笑，伸出一隻手，摟住她香肩。

於是她嘴角的怒嗔，便又化作微笑，身子一依，靠得更緊，道：「我殺他們，就用劍尖在地上劃了兩句罵你的話，你看到沒有？」

管寧頷首一笑，伸手在她肩上打了一下。凌影心頭一暖，只覺晨寒雖重，卻再也不放在她心上，笑著又道：「我剛剛劃完了字，突然好像聽到有人從院子裡面走出來，而且還用的輕身之法，我一驚，躲到牆外面去了，探首一看，原來是你那不打不相識的朋友，他掠到馬車旁，看了看地上的死屍，面上的樣子也像是很驚奇，然後四下一望，我怕他看到我，就趕緊縮了頭去，過了一會，我見沒有動靜，就再悄悄地伸出頭來，哪知他卻已不見了！」

管寧心頭一動，脫口問道：「不見了？」

凌影道：「是呀，不見了，四下連他的影子都沒有，就像是突然用了隱身法似的，我當時還在想，這個人的輕功怎地那麼高？」

走遠？」

管寧皺眉忖道：「他怎地會突然不見了？難道他根本就躲在附近，沒有

「那時我怕他躲在附近，沒有走遠，所以始終也不敢出來……」

管寧突地插口道：「那個強盜用來殺人的匕首，是不是你拾去了？」

凌影一怔道：「沒有呀，難道你沒有看到麼？」

管寧頷首道：「我沒有看到，這柄匕首，就一定被吳——公孫庸拾去了！」

凌影奇道：「那時我的頭縮到牆外面，不過才一會兒，他卻已拾起了匕首，然後再掠走，走得沒有影子呀……沈三娘的武功可真高。」她不說公孫庸的武功高，卻說沈三娘的武功高，自然是沈三娘曾經將公孫庸擒住，公孫庸武功如此，那麼沈三娘，豈非更高得不可思議！

「想不到武林中竟有這樣武功高的女子，年齡卻又不大！」只聽她又道，「然後我看見你出來，我就更加不出來……」

她垂頭一笑：「那時我真的不願見到你，因為……因為你太壞。」

管寧心中一動，想問她見著那杜姑娘沒有，但是卻又忍住，只聽她接

道：「我看你呆呆地站在那裡，心裡實在好笑，後來又見你牽出馬車，哪知馬車卻又被人搶走了，我看你叫著追了出來，心裡想：你雖然對我壞，我卻要討你好。就幫你追了過去，抄近路到了路口，那輛馬車剛好跑了過來，我奮力一縱，攀住了車轅，自以為身子很輕，沒有發出什麼聲音來……」

她輕輕一笑，接道：「哪知我的手方才碰到車轅，就有一個嬌美無比的聲音從車裡發出，道，『什麼人，幹什麼？』我就說，『是公差，來抓搶馬車的強盜。』我話聲未了，趕車的突地反掄了我一馬鞭，我見到趕車的是個小丫頭，心想這一鞭絕不會有多重，輕輕伸手一接，哪知那小丫頭年紀雖小，武功卻不小，我一下輕敵，便險些著了她的道兒。」

管寧一面凝神傾聽，一面雙眉微皺，卻似乎在暗中想些什麼，要知道他本是解元之才，只顧得聽了，哪裡還有工夫想別的？

凌影又道：「我伸手一接，只覺手腕一震，差點被帶下車子，趕緊猛提一口真氣，用手一帶，這一下那丫頭卻受不住了，身軀一晃，我看她要栽到車下，心裡也是不忍，連忙掠了過去，伸手一挾，那小丫頭大約看到我也是個女子，竟對我笑了一笑，唉……她笑容真甜，連我都看得呆住了。」

她頓了頓，似乎回味了一下那甜甜的笑容。

管寧笑道：「你說別人笑得甜，你哩？」

凌影伸手一掩櫻唇，嬌嗔道：「你壞，我笑得醜死人，不讓你看。」口中雖如此說，但卻依然抬起頭來，掩住櫻唇的玉掌，也悄悄地放了下來。

管寧只覺心頭一蕩，卻聽她又接道：「哪知就在我心裡微微一呆的時候，我只覺眼前一花，那丫頭身側，已多了個絕色美人，也是帶笑望著我，說，『小姑娘，你要幹什麼？』我本來想和她們大打一架的，但看到她們的樣子，心裡什麼也沒有了，只聽她又說道，『我趕著要到京城去，這輛馬車，借我用用，行嗎？』」

她輕輕哼了一聲，接道：「她說話的聲音真好聽，一舉一動，又都那麼可愛，我又呆了一呆，才說，『馬車可以借你，但是車裡面的人，他病得很重，是我一個朋友費了千辛萬苦，才從四明山莊救出來的，唉……這人真可憐，他連自己是誰都不記得了，又中了毒，我雖然不認識他，可是我看他的樣子，一定不是普通人，他身上穿的那件白衣服，不像普通人穿的。』」

「那時我不知道那輛車裡的人就是西門一白，所以我才說這些話，而且對她們已有了好感，所以也沒有騙她們。」

管寧讚許地一笑，像是對她的坦白純真很滿意。

只聽她又說道：「我說話的時候，她一直含笑傾聽著，等我說到這裡，她突地臉色一變，脫口說道，『你說什麼？』我看了她的樣子，很奇怪，但不知怎地，我竟然對她很有好感，所以，我就把一切事都簡簡單單地告訴了她，還希望立刻把車子送回去給你，免得你心裡著急——」

「哪知我說完了，她一雙大眼睛裡竟流出了眼淚，一面立刻帶回馬頭，向來路奔去，一面又輕輕告訴我，她就是絕望夫人沈三娘，她要到北京城中，就是為了要找尋西門一白——」

「這一下，我可吃了一驚，因為直到那時候，我才知道那白衣書生就是西門一白，於是我們一齊打著馬車，穿過市鎮，經過那客棧的時候，知道你已經走了，幸好地上還有你留下的車轍，因為晚上下過大雪，又沒有別人走，所以你車轍的印子，在白閃閃的雪地上，就看得非常清楚。」

管寧暗歎一聲，道：「你們女孩子真是細心。」

凌影笑道：「這算什麼細心，只要你多在江湖上跑跑，你自然也會知道的。」

管寧一笑道：「所以後來你們就沿著車轍找到了我？唉，幸虧下雪，要是夏天的話，那可就慘了。」

凌影道：「夏天也不慘，我們也找得到你，只不過遲些就是了。」

管寧自嘲地一笑：「要是遲些，你就永遠找不到了。」

凌影心頭一顫，喃喃低語：「永遠看不到你了……永遠看不到你了，唉，我真不知道怎麼辦，我看到沈三娘找到西門一白時的樣子，真是令人心裡又難受，又高興。其實……唉，我看到你那時的樣子，若是叫別人看到了，還不是完全一樣嘛！」

管寧但覺心中充滿柔情蜜意，似乎連咽喉都哽咽住了，什麼話也說不出來，只是緊緊地摟著她的肩頭，像是要證明她是在自己身旁似的。

凌影閉起眼睛，默默地承受這種溫馨的情意。

風雖然大，車子又是那麼顛簸，但是她卻覺得這已是世界上最幸福的地方。

良久，良久！

她方自滿足地長歎一聲，道：「以後的事你全都知道的，但是我還有一件事奇怪，而且非常奇怪。」

管寧道：「什麼事？」

凌影緩緩道：「那個身形比較矮些的黑衣漢子，對我的劍法，簡直太熟悉了，生像是我使出一招，他就知道下一招似的，我……我不是吹牛，我使的劍法，雖然不是絕頂高明，但武林中知道的人簡直沒有幾個。」

管寧心中一動，脫口說道：「有哪幾個知道？」

凌影閉起眼睛想了一想，又自伸出春蔥般的玉手，輕輕扳著手指說：「據我知道，那只有兩三個人，乃是除了我和師父之外，還有我師父的一個同門，不過，她老人家已隱居到海外的一個孤島上去了，還有就是師父兩個比較好些的朋友，不過知道得也不多……」

管寧又自插口道：「是什麼人？」

凌影道：「一個孤山王的夫人玉如意，還有一個是我偷偷跑去，要找她比劍的四明紅袍夫人，不過她已經死了！」

管寧長長「哦」了一聲，又自俯首落入沉思裡。

他腦海中十分清晰，有時卻又十分混亂。

凌影見著他的神態，輕輕垂下頭，垂在他堅實的肩膀上，心裡卻什麼也不去想了。

天，終於完全亮了。

暝漠的蒼穹，卻仍沒有晴意，而且好像是又要開始落雪。

那柄匕首怎地不見了？難道真的是公孫庸取去的嗎？

他為什麼也突然不見了，然後卻又在那祠堂外面出現？

他對我說的那句含糊不清的話，又是什麼意思呢？

那玉如意、紅袍夫人？那黑衣漢子會是誰？

管寧反覆思忖著這幾個最接近的問題，竟想得呆呆地出了神，凌影伏在他胸膛，卻在溫馨的甜蜜中入睡了。急行的馬車，突地一顛，這條道路兩旁是條水溝，溝中雖已無水，但馬車衝入，卻發生「砰」的一聲大震。

管寧一驚之下，突地覺得座墊之下，像是被個重物猛擊一下。

他心中猛然一動，那健馬一聲嘶，馬車便一齊停住。

凌影茫然睜開眼來，心裡還留著一絲甜蜜的美夢。

但是她目光轉處，卻見管寧突地像大腿中一根箭似的從車座上跳了起來，滿面俱是狂喜之色，又生像是他坐著的地方，突然發現了金礦一樣。

剎那之間，管寧心念一動，閃電般掠過公孫庸方才對他說過的那句極為簡單的語句：「車座下……」

一路上，他一直在思索著這三個字中的意義。

直到此刻，他方才發現，這極其簡單的三個字裡，竟藏著不簡單的秘密。

凌影秀眉微皺，詫聲問道：「小管，你怎麼了？」

但管寧卻似根本未曾聽到她的話，雙足方自站穩，突地伸出左掌，將凌影從車座拉了下來，右掌卻搭上車座邊緣，全力一托……車座竟然應掌而起，管寧喜呼一聲：「果真是了。」

凌影秀目圓睜，滿心驚詫，微嗔道：「你這是幹什麼，什麼是了？」

忍不住微伸螓首，探目望去，晨霧漸消，朝陽已起，日光斜映中，車座下竟有一方足以容身的空處，而就在這方空隙裡，又有一物微閃精光，定睛一看，竟是一柄雙鋒匕首。

她只覺心頭一震，忍不住脫口嬌喚一聲：「果真是了！」

管寧微微一笑，反口問道：「什麼是了？」

凌影秋波一轉，想到自己方才問他的話，口中「嚶嚀」一聲：「你壞死了！」

管寧方自伸手取那柄匕首，聽到這句溫柔的嬌嗔，心中覺有一股溫暖的潮汐，自重重疑竇中升起。

兩人目光直對，他只覺她雙眸中的光彩，似乎比匕首上的鋒刃更為明亮。一時之間，不覺忘情地捉住她皓腕，俯首輕問：「我壞什麼？」

她輕輕伸出另一隻手，輕輕扳動著自己的手指，輕聲道：「你呀，你壞的地方真多了，數也數不清，第一件，你……第二件你……第三件……」

噗哧一聲，掩住自己的櫻嘴，咯咯地笑了起來，你若有千百件錯事，但在你相愛著的人們眼裡，也會變得都可以原諒，何況，管寧畢竟真的很難讓別人說出他的惡劣之處哩。

方才管寧在馬車的前座上，所反覆思忖著的四個問題：「那柄匕首怎地不見了，難道真的是公孫庸取去的麼？」

「他為什麼突然不見蹤跡，然後卻又在那祠堂外面出現？」

「他對我說的那句含糊不清的話！車座下——究竟代表著什麼意思？」

「玉如意、紅袍夫人、那黑衣漢子究竟是誰？」

此刻已有三個有了答案，他一手輕握著凌影的玉腕，一面仰天緩緩道：「在那客棧的前院裡，你縮到牆外的那一刹那裡，公孫庸他已拾起地上的匕首，躲進了車座下面。我們到處尋他不著，只當他早已去遠，哪知他卻一直沒有離開這輛馬車，所以，在祠堂外面，他才會突又現身，對我說出了車下的秘密。」

凌影幽幽一歎，道：「你這位朋友，當真聰明得很，如果不是他親口對你說出了秘密的關鍵，而又被你湊巧發現，誰會想到他會躲在這裡？我常聽師父說，越容易的事越難被人發現，越簡單的道理就越發令人想不通，有些聰明的賊子做了壞事，被人追趕，就會利用人類的這個弱點，就近躲在最明顯，卻又是最不會注意的地方，讓別人花了無數氣力，轉了許多圈子，甚至追到數里之外，卻想不到賊人只是躲在自己家裡的大門背後！」

她軟言細語，卻聽得管寧心頭一震，皺眉自語：「最容易的事最難被人發現……」

突地抬起頭來：「你想，那兩個奇怪的黑衣漢子會是誰呢？在四明山莊中下毒手的是誰呢？難道這本也是件很簡單的事，我們卻在大兜圈子，所以沒有猜到？」

凌影沉吟半晌，嫣然一笑，道：「我說的只是個可以成立的道理而已，世界上的事，怎能以此一概而論！」

管寧口中「嗯」了一聲，卻又垂下頭去，落入沉思裡……半晌，他突又抬頭，四顧一眼，才發現自己和前面的馬車相距甚遠了。

於是他再次掠上馬車，掌中仍拿著那柄雙鋒匕首，背厚鋒薄，在口光下精光閃爍，有許多疑雲，似乎已在這鋒刃下，迎刃而解。

鞭梢一揚，馬車又行。

凌影柳眉微微一皺，突地緩緩問道：「還有一件看似非常簡單的事，我卻想了半日，也想不透。」

管寧側目問道：「什麼事？」

凌影緩緩接道：「你那朋友公孫庸，在那種匆忙的情況中，為什麼還要拾起地上的匕首，才躲進車座下的秘密藏身之處？」展眉一笑：「這件事實是無關緊要，我不過是問問罷了。」

管寧沉吟半晌，緩緩道：「在車座下這麼小的地方裡，匕首是最好的防身之物，他是怕自己的行藏被人發現，是以才拾起這柄匕首，以為防身……」

凌影接口道：「這點我已想過了，但是這理由雖然在千千萬萬人身上都可以講得通，用在一個身懷武功，而且武功不弱的人身上，卻又有些講不通。這種普通匕首在一個武林高手的手中，有和沒有的分別，實在差得太少了，在那情況下，如果沒有其他的理由，他實在犯不著拾起它的，除非……」

管寧劍眉微剔，緩緩道：「匕首除了防身之外，又能做些什麼呢？」

凌影沉思半晌道：「除了防身之外，也可自殺！」

管寧搖首道：「像他這種性格的人，縱然到了山窮水盡之處，也會奮鬥求生，絕對不會生出自殺這個念頭的。」

凌影輕輕一笑，道：「我不是說他要自殺，只是說匕首可以用作自殺而已。」語聲微頓，又道：「除了自殺、殺人之外，匕首還可以用來殺雞、宰羊、切菜、切肉、削蘋果、裁信箋、削木頭……可是他卻一樣也用不著呀，難道車座下有個大蘋果，他要削來吃？」

說到這裡，噗哧一聲，忍不住又笑出聲來。秋波一轉，卻見管寧呆呆地望著前方，不住地低聲自語：「削木頭……」突又喜呼一聲：「一定是了！」

凌影忍不住又問：「什麼是了？」

管寧又像方才一樣，彷彿大腿中了一根箭似的，猛然從車座上跳了起來，一掠下車，又一把將凌影拉下，一手搭上車座邊緣，全力一搭，車座也立即又應掌而起。

一時之間，凌影心中不覺又為之驚詫交集：「車座明明已是空的，他這樣卻又是為什麼呢？」

車前之馬，不住長嘶，似乎也在對管寧突頓突行的舉止，發出抗議。

管寧卻動也不動地俯首向車座下凝視，對身旁的一切都似不聞不見，半晌——突地長長歎了口氣道：「果然是的。」

直到此刻為止，凌影仍無法測知他這番舉動究竟在弄何玄虛，聽得他一聲長歎，一聲言語，忍不住湊首過去，秋波隨著他的目光向座下凝視，半晌──竟突地驚歎一聲道：「他拾起那匕首，原來是為了要在裡面刻字！」

管寧手提韁繩，將馬首轉了個方向，從東方射來的陽光，便可以清楚地射在車座下，木板上的字跡。

字跡甚是零亂歪斜，若不經心留意，便不容易看得清楚，管寧、凌影並肩而立，屏息望去，只見上面寫的竟是：「此話不可對人言，留此僅為自解鬱積，若有人無意見之……」下面四字，刻出後又用刀鋒劃去，隱約望之，似乎「非我卜者」，又似「亦我卜者」四字。

管寧、凌影對望一眼，誰也猜不出這四字的含義，往下看去：「家父生性激動，常做激動之事，激動之事，善善惡惡，極難分清，近日一事，我不欲見，是以亡去，若有人罪我，罵我，我亦無法，但求心安而已……」

下面又有一段數十字，寫出後又劃了去，但劃得像是十分大意，是以亦可隱約看出，而且看得比方才四字尤為明顯。

凌影秋波凝住，低低念道：「數十年前家父與四明紅袍，本是忘形之交，成名後雖疏行跡，但來往仍甚密，只是江湖中人，甚少有人知道……」

念到這裡，她語聲一頓，皺眉道：「四明紅袍與太行紫靴，聲名相若，地位相當，兩人相交，本應是極為自然的事，但他言下之意，卻似極為隱密，為什麼呢？」

管寧劍眉一皺，俯首沉思半晌，緩緩古歎一聲，卻聽凌影又道：「是了，他兩人年輕時，一定一齊做了些不可告人的事，到後來各自成名，生怕這些事被人知道，是以——」

管寧伸手一攔，攔住了她的話頭，長歎搖首不語。其實他自己心中何嘗沒有想到此處，只是他心存忠厚，又與公孫庸相交為友，是以不願說出而已，凌影口直心快，卻說了出來。

下面的字跡，似因心情紊亂，又似乎因車行顛簸，是以更見潦草，只見上面又自寫道：「四明紅袍天縱奇才，不但擅長武功，尤善於暗器、施毒、易容等旁門巧術，極工心計，更重恩怨！」

凌影側目詫道：「原來四明紅袍這些手段，非但江湖中極少有人知道，就連我也絲毫不知，這倒又是件奇怪的事了。」

管寧皺眉不語，再往下看，下面的字跡，筆劃刻得較前為深，字形也較前為大，似乎是公孫庸經過一番考慮才刻出來的，刻的是：「君山雙殘、終南烏衫，是其刻骨深仇，少林、武當、羅浮等派，亦與其不睦……」語句忽地中斷，變為：「四明紅袍最近做出一事，自念必死……」語句竟又中斷，下面的字句，更是斷斷續續，但卻無刀劃之痕：「天下第一計……漁翁得利……高極、妙極……歹極……毒極……孝……不孝？……自古艱難唯一死……」

下面再無一字。

管寧與凌影一齊看完，不禁又面面相覷，作聲不得。他們都知道在這些零亂斷續的字跡裡，一定包含著一些重大的意義。

但究竟是什麼含義，他們雖然極為仔細，卻仍猜測不透。

凌影長歎一聲，皺眉道：「你那朋友真有些古怪，他既然想說出一些秘密，卻又偏偏不說清楚，讓人去猜，人家怎麼猜得到？」

管寧出神地愣了半晌，緩緩道：「子不言父過，但正義道德所在，卻又令他不得不說，唉──若是你換作了他的處境，你又該怎麼樣呢？」

凌影呆了一呆，櫻唇微啟，像是想說什麼，卻又說不出來。

良久，良久，她方自幽幽歎道：「難道他的父親太行紫靴，也和四明山莊的那件慘案有什麼干係麼？」

管寧皺眉沉聲道：「看似如此。」長歎一聲：「你我都將他這些字句，仔細想想，以你我兩人智慧之和，也許能猜出他的心意亦未可知。」

凌影微一頷首，輕擰纖腰，掠上車座，秋波一轉，突地嬌喚道：「哎呀，沈三娘的馬車，連影子都看不見了，怎生是好？」

於是馬車加急駛去。

絕望夫人沈三娘心懸愛侶的傷勢，快馬加鞭，趕到妙峰山口，回首一望，後面的那一輛馬車，卻蹤跡未見，面上雖未見任何焦急之色，心中卻是已充滿焦急之情，皺眉低語：「難道他們又出了什麼事麼？」

佇身道旁，候了半晌，匆匆進了些飲食，越想越覺心焦，抬頭一望，卻見日色竟又偏西了。

她忍不住撥轉馬頭，向來路馳去，只望在半路遇著管寧、凌影二人。哪知她快馬疾馳，幾乎又馳了半個時辰，仍是不見他倆馬車之影，她不禁暗中氣惱。

「難道他們當真如此荒唐，不知利害輕重，此時此刻，仍在路上談情說愛，是以耽誤了時刻？」

轉念一想，卻又覺他倆人不至如此，於是她心裡不禁更加焦急。

「難道他們在中途出了事情？」極目望去，筆直的路上，一無車塵揚起，但黃土的道路上，卻有新印的車轍馬蹄，只是她一時之間，未曾看到而已。

黃土路上，被急行的馬車，帶起一串黃色的車塵。

馬車的前座，並肩坐著一對俯首沉思的少年男女——管寧、凌影。

零亂的字句，零亂的意義，卻在他們零亂的思潮裡，結成一個毫不凌亂的死結，也不知過了多久，管寧長歎一聲，抬起頭來，皺眉道：「怎地我們還未追及沈三娘的車子，莫非是走錯了道路麼？」

凌影垂首道：「大概不會吧？」

管寧怔了一怔，回首道：「難道你也不認得道路？」

凌影輕輕頷首。

管寧急問：「如此說來，那位神醫的居處，你也不知道？」

凌影又自輕輕頷首。

管寧長歎一聲道：「但是，那神醫的居處，卻也是你告訴我的。」

凌影輕輕一笑，垂首道：「我只知道他住在妙峰山左近，卻不知道他究竟住在哪裡。」

語聲一頓，抬起頭來，道：「我可沒有說過我知道他住在哪裡，是嗎？」

秋波似水，吐氣如蘭。

管寧呆呆地愣了半晌，心中總有憤怒責怪之意，卻又怎能在她的面前發作？車行漸緩，突見前頭塵土飛揚，一匹健馬，急駛而來，管寧心中暗道：「何不尋此人打聽一下路途？」

他心中一猶豫，這匹健馬，已有如風馳電掣般自車旁疾馳而過，只得暗歎一聲：「罷了。」卻又奇怪忖道：「難道此人又是來尋我的麼？」

只見此人一身淺藍衣衫，身軀瘦小，行動卻極矯健，馬上身手不弱，只是面色蠟黃，似乎久病初癒，打馬來到管寧車旁，揚臂高呼道：「閣下可是與夫人一路？」

語氣沙啞，雖是高聲喊話，卻仍十分低暗。

管寧心念一轉，抱拳道：「正是。」

馬上人嘴角一牽動，似笑非笑地，抱拳又道：「幸好在這裡遇到閣下，否則又不知道要走多少冤枉路了。」

揚手一提韁繩，輕揮馬鞭，舉止甚為瀟灑，口中牙齒，更是瑩白如玉。

管寧劍眉微皺，朗聲道：「朋友可是沈三娘遣下來尋訪在下的麼？」

馬上人方自似笑非笑地嘴角一動，道：「正是，沈夫人生怕兩位不識路途，是以特命在下迎兩位途中。」

管寧展顏一笑，抱拳道：「如此說來，兄台敢情便是在下等遠道來訪的……」

馬上人接口含笑說道：「在下張平，家師在武林中，薄有醫名。」馬鞭一揚，又說道：「舍間便在那裡，沈夫人候兩位大駕，已有多時了。」

車行數十丈，管寧才知道要往那神醫隱居之處，並非直沿大道，「張平」一領韁繩，當先向左邊一條岔路轉去，再行數十丈，路勢竟又一轉，曲曲折折，嶙峋崎嶇，「張平」回首歉然一笑，道：「山路甚難行，兩位若覺顛簸，可將馬車放緩。」

管寧微笑道：「無妨。」

凌影秋波一轉，嫣然道：「武林中人都知道令師的居處極為隱秘，所以在我想像中，到府上去的路比這還要難行些哩。」

第十一章　高峰訪聖手

「張平」含笑不答，馬車馳行更急，忽地一條岔路轉入一片叢林，林中一片空地，不知是人工開闢，抑或是自然生成。

就在這片空地上，孤零零地茅屋三椽，外貌看去，直似樵子獵戶所居，絲毫不見起眼，但「張平」卻已笑道：「寒舍到了。」

管寧目光一轉，只見屋後隱隱露出馬車一角，心中不禁暗忖道：「情之一字，當真力量偉大已極，沈三娘若不是關心西門一白的傷勢，行事哪有這般迅速！」

意忖之間，一掠下馬，只聽茅屋中傳出一陣朗朗笑聲道：「佳客遠來，老夫有失遠迎，恕罪恕罪。」

近門走出一個身軀頎長，高冠素服的長髯老者，望之果有幾分飄逸之氣。

管寧連忙躬身謙謝，一面啟開車門，將公孫左足抱入，凌影蓮足移動，跟在後面，心中仍在暗忖：「人道這武林神醫生性古怪已極，終年難得一笑，今日一見，竟是如此開朗可親，看來江湖傳言，確是不可盡信。」

進門一間廳房，陳設簡陋已極，一桌二几數椅之外，便再無他物，但陳設井然有序，管寧一面躬身見禮，一面暗歎忖道：「此人當真是淡泊名利，看透世情，否則以他的醫道武功，怎甘屈居此處，看來江湖傳言所云，的確並非虛言妄語！」

凌影秋波四轉，忽地微皺柳眉，忖道：「這屋子陳設得雖極整齊，但打掃得怎地如此不乾淨？看那屋角裡的塵土，蛛絲滿布，若不是我親眼所見，真教我難以相信一個清高孤介的隱士神醫，會住在如此不潔之地。」

管寧極其小心地將公孫左足放在兩張並對搭好的木椅上，目光四顧，又自暗歎忖道：「這裡看來雖似樵夫獵戶所居，但桌椅井然，門窗潔淨，卻又和樵夫獵戶所居不可同日而語，此人與人無尤，與世無爭，青蔬黃米，淡泊自甘，只可惜我沒有他這等胸襟，否則尋一山林深處，遠離紅塵，隱居下來，豈非亦是人生樂事？」

同樣的事情，同樣的地方，同樣的人物，但你若從不同的角度，不同的觀點，不同的心情去看，便會得到不同的結論。

在這刹那之間，管寧、凌影，心中各自泛起數種想法，卻無一種相同。只見這長髯老人，含笑揖客之後，便走到公孫左足身後，俯身探視。管寧目光四顧，但不見沈三娘的行蹤，不禁囁嚅著問道：「晚輩途中因事耽誤，是以遲來，沈夫人先我等而來，老前輩可曾見著的麼？」

長髯老人微微一笑，目光仍自停留在公孫左足身上，一面解開他的衣襟，察看他的傷勢，一面緩緩答道：「沈大人若非先來一步，只怕此刻便要抱恨終生了。」

管寧心頭一震，脫口道：「難道西門前輩的傷勢又有惡化？」

長髯老人緩緩接道：「西門先生一路車行顛簸，不但傷勢轉惡，且已命在須臾，只要來遲一步，縱是華佗復生，亦回天乏術——」

語聲微頓，微微一笑又道：「但老弟此刻已大可不必擔心，西門先生服下老夫所製靈藥之後，已在隔室靜養，沈夫人與那小姑娘一旁侍候，只是一時驚吵不得，只要再過三五時辰，便可脫離險境了。」

管寧長長「哦」了一聲，目光向廳右一扇緊閉著的門戶一掃，驚道：「好險！」暗中又自忖道：「吉人自有天相，西門先生，此次若能夠化險為夷，一切秘密，便可水落石出了。」

伸手一抹額上冷汗，心中卻放下一件心事！

卻聽凌影突地輕輕說道：「西門前輩已服下了家師所製的翠袖護心丹，怎地傷勢還會轉惡呢？」

秋波凝注，瞬也不瞬地望向長髯老人，竟似乎又想在這名滿天下的武林隱醫身上，發現什麼秘密。

長髯老人把在公孫左足脈門上的手腕突地一頓，緩緩回過頭來，含笑望了凌影幾眼，捋鬚道：「原來姑娘竟是名震武林的黃山翠袖門下，當真失敬得很！」

語聲微頓，笑容一斂，緩緩又道：「貴派翠袖護心丹，雖是江湖中人夢寐以求的靈丹妙藥，功用卻只能作為護心療毒而已，而那西門前輩，除了身中劇毒之外，還受了極其嚴重的內傷，其毒性雖被翠袖護心丹所延阻，但其傷勢卻日見發作……」

凌影柳眉輕皺，「哦」了一聲，垂首道：「原來如此……」忽又抬起頭來，似乎想起什麼，接口道：「西門前輩功力絕世，是什麼人能令他身受重傷？老前輩醫道通神，不知是否能看得出西門前輩身受之傷，是何門何派的手法？」

長髯老人垂首沉吟半晌，微喟一聲，緩緩道：「老夫雖也曾看出一些端倪，但此事關係實在太大，老夫未得十分明確的證據之前，實在不便隨意說出……」

說話之間，他那門下弟子「張平」已端出兩盞熱茶，輕輕放在凌影身畔台前，茶色碧綠，輕騰異香，茶碗卻極其粗劣。管寧生於富貴之家，目光一轉，便已看出定是罕見的異種名茶，他一路奔波，此刻早已舌乾唇燥，一見此茶，精神不覺一振，方待伸手去取一碗，哪知凌影突地「啪！」一拍桌子，脫口叫道：「是了！」

桌椅亦極粗劣，被她隨手一拍，震得左右亂晃，桌上的兩碗熱茶，也被震得掉落地上，濺起滿地茶汁，長髯老人目光微微一變，凌影卻絲毫未在意，接口道：「依我推測，震傷西門前輩內腑之人，不但武功極為高強，在武林中必定極有地位，老前輩怕惹出風波，是以不便說出，是麼？」

長髯老者微哼一聲，道：「這個自然。」側首道：「平兒，再去端兩碗茶來！」

凌影嫣然一笑，道：「老前輩如此費心，晚輩等已是感激不盡，怎敢再騷擾老前輩的茶水，張兄，不必費心了。」

緩緩俯下身去，將地上茶碗碎片，一片一片地撿了起來，緩緩拋出門外。

管寧劍眉微軒，心中不禁暗怪凌影今日怎地如此失態。

只見那長髯老人又自俯身察看著公孫左足的傷勢，再也不望凌影一眼，他那弟子「張平」，卻呆呆地立在門畔，目光閃動，不知在想著什麼心事，卻也絲毫沒有幫忙凌影收拾碎片之意。一時之間，管寧心中思潮反覆，似也覺得今日之事，頗有幾分蹊蹺。

他那茫然的目光，落在凌影拋出門外的茶碗碎片上，腦海裡恍惚浮起了十七隻茶碗的幻影——那四明山莊內只有十五具屍骸，為何卻有十七隻茶碗？那多餘的兩隻……

只聽那長髯老人微微吁了口氣，緩緩抬頭，道：「這位老先生只不過是在急怒攻心之下，經過一場劇烈的拚鬥，復受風寒侵體，故而病勢看去雖極嚴重，但只需一服老夫特製靈藥，即不難克日痊癒了。」

管寧心頭第二塊大石，這才為之輕輕放下，轉眼卻見凌影對這位神醫之言，似是充耳不聞，目光四顧凝注地面，不由大為奇怪……

長髯老人側首微微瞪了他那弟子「張平」一眼，沉聲說道：「兩位嘉賓遠道奔波，自必甚為口渴，難道剛才我吩咐的話，你不曾聽見麼？」

「張平」低應了一聲，緩步往屋後而去。

管寧以為凌影又會出聲攔阻，誰知她只謙謝了一聲，卻抬頭出神地望著那「張平」的背影，目光中閃耀著一抹奇異的光彩。

管寧自然而然地將目光也朝那「張平」望去，但那個「張平」已　閃進入門後。

長髯老人緩步走至屋角，打開一個擱於几上的藥箱，取出一隻白玉小瓶，微微一笑，道：「兩位想是對病人關心太過，故而心神不屬，但大可不必擔憂，老夫包在一個時辰之內，使這位老先生醒轉。」

管寧漫應，心中卻暗自忖道：「這位神醫高足的背影，我雖僅只一瞥，但是彷佛曾在何處見過……呀！還有他的聲音……」

凌影突地一旋身，向廳右那一扇緊閉著的門戶飄去。

長髯老人正欲俯身將丹藥塞入公孫左足的口中，睹狀不由一頓，身形疾快如風，擋向凌影身前。

但是卻慢了半步，凌影已舉手推門……哪知——

一條淺藍人影一晃，已迅逾閃電，楔入凌影身前，雙手還端著兩隻熱氣騰騰的茶碗，正是神醫的高足「張平」。

凌影只好把手放下，轉身對那臉色剛放緩和的長髯老人嫣然一笑，掠了掠鬢髮道：「晚輩心懸西門前輩傷勢是否已完全無恙，倒忘了老前輩適才囑咐，真是抱歉之至！」

隨著，人已緩步踱回桌旁。

長髯老人頗為不悅地「唔」了一聲，緩緩道：「老夫從不說謊語，姑娘大可放心！」

言罷，轉身回至公孫左足身前。

那「張平」臉上卻是一無表情地將兩碗茶放在桌上，垂手退下。

管寧此際，已猜出凌影每一舉動，都似含有深意，因此這次並未急著去端茶碗，只拿眼光覷著凌影的舉動。

但凌影卻連望也不望那茶碗一眼，自顧凝神注視著長髯老人的動作。

長髯老人已伸手將公孫左足的牙關捏開，正待將丹藥塞入口中……凌影忽然對那「張平」高聲道：「張大哥剛才施展的身法，神速已極，不過……卻十分眼熟，請問張大哥平日行俠江湖，俠蹤多在何處？」

當凌影說話時，長髯老人已停手傾聽。

管寧聞言，腦海裡驀地掠過一幕非常清楚的影像，不自禁脫口低「咦」了一聲，凝眸向那「張平」瞧去。

那「張平」臉上的肌肉似笑非笑地牽動了兩下，眼光卻接連閃了幾閃，啞聲道：「姑娘過獎了，在下相隨家師習醫，尚未出道，怎敢當『俠蹤』兩字？」

凌影微微一笑，不再開口。

管寧人本聰明異常，此刻又事事留心之下，竟將方才在腦中掠過的那一幕影像抓回，與那「張平」說話時的口音連綴一起，頓時成為一幅非常具體的圖像——

他已斷定這個「張平」，便是在那祠堂中遇見的兩個黑衣怪人中，那身材矮小的一個，但他仍然以探詢的目光，向凌影望去。

凌影回眸，還了他一個會意的微笑。

那「張平」目光一轉，緩步走至長髯老人身側，低低「喂」了一聲道：「他們不喝，你看怎麼辦？」

語音雖低得近乎耳語，但凌影全神貫注之下，居然聽得十分清楚，這兩句話看似十分簡單，但經過了她迅速地判斷之後——

驀地迸出了一句：「紅袍夫人！」

那「張平」霍地回頭，瞪視著凌影，目中射出兩道異樣光芒。

長髯老人迅速移至一旁……凌影跳起來，指著那「張平」叫道：「是你，是你，你就是紅袍夫人！」

指尖一偏，指著長髯老人，叫道：「你，哼哼！你便是四明山莊莊主紅袍客！」

這情勢的突變，使管寧那稍現一絲曙光的頭腦，頓時又陷入一片混沌，忖道：「四明山莊莊主夫婦，明明是我親眼看見已雙雙伏屍莊內，影兒怎能如此肯定指這兩人是紅袍客夫婦，何況……」

轉忖未已，突聞一陣陰惻惻的笑聲，發自那長髯老人，不禁激靈靈打了個寒噤，暗叫道：「這笑聲好熟！」忙定神舉目望去。

只見長髯老人雙目精光炯炯，注視著凌影，沉聲道：「姑娘真不愧『黃山翠袖』門下，心思之敏銳，令人佩服，只是……」

陡地仰面縱聲狂笑，舉手一抹臉面。

笑聲倏止，長髯老人已變作一個劍眉修目的中年漢子，續道：「可惜已入愚夫婦掌中，姑娘只好待來世才可以將這驚人發現公諸武林了！」

語氣極盡揶揄嘲弄之意。

那「張平」身軀一轉，蠟黃的臉孔，已換作一張豔若春花的俏臉，笑意盈盈，緩步移近凌影，喜滋滋地說道：「小妹妹不但武功好、人俊，更是聰明絕頂。」郤「唉」的一聲歎了口氣，無限惋惜地說道：「我真捨不得送你回去哩！」

管寧這時已毋庸懷疑，眼前一男一女，確是曾在四明山莊內的屍骸中見過的那一雙紅衫夫婦，但仍自奇怪，天下間，竟有如此相似之人。

此際他夫婦二人，一彈一唱，竟將置人於死之事，看作極為輕鬆平常，不由勃然變色，怒叱道：「看你夫婦貌像非凡，竟然心同蛇蠍，難怪那公……」

驀然想起如將公孫庸之名說出，似乎不妥，略微一頓，正待改口……紅袍客已一躍上前，大喝道：「住口，上次不是那一場火，你早已命喪大爺掌下，哼哼，這次郤饒你不得。」

管寧恍然大悟之後，郤不由暗自吃驚，心道：「原來那兩個黑衣怪人，就是這四明紅袍夫婦，上次若不是沈三娘及時趕來，我和影兒哪還有命在，但這次……」

想到此處，心情驟緊，不自覺退了兩步。

郤聽凌影嬌喝道：「且慢！」

管寧側目一看，只見凌影也是笑生雙靨，若無其事地面向著盈盈止步的紅袍夫人。暗忖道：「影兒聰明絕頂，大概已想出應付之策。」不禁精神一振。

紅袍夫人含笑對凌影道：「姑娘是不是還有遺言，想我代為轉達麼？」

凌影「嗯」了一聲，點頭笑道：「是啊！夫人還說我聰明哩，其實比起夫人你呀，就差得太遠啦！」

紅袍夫人「喲」了一聲，搖手笑道：「算啦！算啦！少給我戴高帽子好不好！你有什麼話快說吧，遲了，就來不及啦！」

凌影粉面忽地一紅，垂首扭著衣角，低聲道：「旁的我也沒有什麼，就是他……」

頭垂得更低，聲音也越低，眼角卻向管寧瞟去。

紅袍夫人鳳目一轉，咯咯一陣嬌笑道：「我知道啦，小妹妹真是，這有什麼害羞的，嗯，反正你們一對同命鴛鴦，有什麼體己話兒，最好是留待黃泉路上再細訴吧！」說時，盈盈移近兩步。

凌影螓首微抬，幽幽地歎了口氣，道：「夫人冰雪聰明，難道竟沒有看出那呆子一點也不懂得我的心意麼？」

管寧一怔，心道：「你愛我的心意，我豈有不知之理？」

心念一轉，暗自恍然，當下故作憬悟之狀，驚喜交集地顫聲道：「影兒！是真的麼？」

方待搶上前，去和凌影親熱……紅袍客冷喝一聲：「站住！」哂然陰笑道：「你兩個才吃了幾天的飯，便敢在我面前耍花槍！」舉手對紅袍夫人打個招呼，道：「趁早送他們倆上路，免得夜長夢多！」

言罷，雙掌一錯，欺身進襲。

管寧大喝道：「且慢！」

身形疾退三步。

紅袍客跟著逼進，冷冷道：「你還有何話說？」

管寧沉靜地沉聲道：「閣下傷斃十五條人命，固然是為了嫌隙，但主因卻是為了那串武林奇珍如意青錢，難道閣下不想知道那一串真如意青錢的下落？」

紅袍客愕然停步，兩道銳利如劍的目光，逼視著管寧，直欲洞徹肺腑……紅袍夫人笑容倏斂，掉首向管寧望去。

凌影卻裝作煞有介事的，肅容不語。

管寧心中暗自歎道：「這串銅錢的魔力，果非小可，竟能使一個殺心正盛的人，驟然放棄原來目標，可見不祥之說，誠非虛語，但我卻……」

紅袍客兩道劍眉，緩緩往當中一皺，冷笑道：「你死到臨頭，還敢花言巧語？」呼的一掌，向管寧迎面擊去。

管寧早已成竹在胸，眼注紅袍客劈來掌勢，左掌一抬，右掌閃電般直切對方右掌脈門。

這一招如意青錢秘笈所載的怪招，紅袍客昨夜曾經領教過，雖然明知僅此一招，再無其他變化，但仍尋不出化解之法，逼得只有撤掌後退了一步。

凌影早已一聲嬌叱，玉手疾抬，「鏘」的一聲，一道尺許光華，應手揮出，一招「羿射九日」，振腕灑出九朵耀目劍芒，迅逾閃電，襲向紅袍夫人九大要穴……紅袍夫人「喲」了一聲，咯咯嬌笑道：「小妹妹真要拚命呀！」

身子微微一飄一閃，便已脫出劍勢範圍，反臂疾探，駢指向凌影「肩井」穴點去。

凌影沉肩滑步，手中劍劃一半弧，斜挑而上，唰地一劍，向對方手腕削去。秋波微瞟，正瞥見管寧一招將紅袍客逼退，不由芳心略放，唰唰唰一連三劍，勢如狂風驟雨，向紅袍夫人攻去。

紅袍夫人嘴角含笑，也自展開身形，輕靈幾閃，讓過頭兩招，立時手揮指點，化去凌影連環三劍，瞬間攻出數招，招招襲向凌影渾身要害。

凌影自經昨夜祠堂一戰，已知管寧招式雖然甚為怪異，但時候一長，仍非紅袍客之敵，因此眼波仍自頻頻向管寧瞟去。

管寧雖然將如意青錢秘笈所載，全部爛熟胸中，但苦於並無實際動手機會，不知如何運用變化，是以將那兩三招曾經使用過的招數重複施展之後

——

紅袍客陡地厲聲狂笑，道：「黔驢之技，不過如此！」展開身形，雙掌一緊，揮舞出如山掌影，將管寧逼得手忙腳亂。

凌影心中又急，卻被紅袍夫人圈住，哪有分身之術……

管寧忽地一聲大喝！身形一仰，單足拄地一旋，堪堪躲過劈來的一掌，定一定神，錯步凝眸一看。

只見管寧已站穩身形，但卻仰首凝思，對眼前處境，似是渾如不覺，紅

袍客不由大為奇怪，這小子在幹什麼？

原來管寧這時，正出神地回想著方才驀然急出來的一招「扭轉乾坤」，據如意青錢秘笈上注明，乃是全籍中最具威力，妙用無窮的一招，若能練至純由心靈運用時，則任敵勢如何強猛綿密，一樣可以從容脫出，並加以反擊。

他方才靈機一動之下，觸發這一招，果然恰如篇中所載，欣慰之餘，只覺靈感泉湧，一時不可遏止，故而對置身險境之事，渾如不覺。

凌影見狀，奮力嬌喝一聲：「小管！你在幹什麼？」唰唰兩劍，逼開紅袍夫人，打算趕過去與管寧會合。紅袍夫人嬌笑道：「不要白費心思啦，有話，到陰間去說吧！」避開劍鋒，掌劈指戳，倏忽還攻五招，重又將凌影逼退。

管寧陡地一聲大喝：「大家住手！聽我一言！」人影乍分，紅袍夫人與凌影停手綽立，紅袍夫人伸手輕掠鬢邊，笑道：「小兄弟是不是還想和這位小妹妹說兩句體己話兒呀？」

管寧臉色一整，沉聲對紅袍客道：「方才我那一招，你卻無法化解，你可知道是何門何派的功夫？」

紅袍客一怔，暗道：「這小子懂的招數雖然不多，但無一不是大背武學常規之學，令人無從臆測，莫非……」但口中卻淡淡應道：「你所施展的武功，雖然有點邪門道，但也不見得有何奇奧之處，有什麼值得誇耀的！」

管寧微微一笑，悠閒地說道：「你夢寐以求的如意青錢秘笈所載之學，難道不值得麼……」

紅袍夫婦一同「哦」了一聲，互相點頭會意。

管寧也不理會他倆，自顧往下說道：「我只不過施展其中的一小部分，其威力已可概見，但我卻不想將這武林奇珍，據為己有，只想……」

紅袍客逼前一步，瞪目怒喝道：「想什麼？」

管寧見他的眼中，一股貪婪之火，已躍躍欲出，不由更是故作姿態，緩緩說道：「方才她……」

伸手一指凌影：「揭破尊夫人之謎時，在下已悟出四明山莊十五條人命死亡的經過，但其中尚缺一兩個環扣，無法將事實連貫起來，為了滿足好奇，在下極願將那如意青錢的下落作為一個交換條件，不知閣下以為如何？」

紅袍客冷冷道：「你既自稱已練習秘笈上所載之學，哼哼，豈非不打自招？」

說時，又往前逼進一步。

凌影心中一急，自然而然腳下往管寧移去。

紅袍夫人輕聲一笑，身軀微晃，已將凌影去路攔住，笑道：「小妹妹急什麼呢？你的他還不曾說如意青錢是在他身上啊！」

管寧神色自若地緩緩道：「那如意青錢，共有十八枚，在下所得，不過其中一枚而已，至於那其餘十七枚……請賢伉儷不妨考慮考慮！」

紅袍夫婦互相望了一眼，似是彼此相詢管寧所說的是否屬實，屋中頓時陷入一片沉寂中。

外面，那條通往驛道的崎嶇山路，絕望夫人沈三娘正沿著地面的車轍蹄印，驅車急駛。

絕望夫人沈三娘一面加勁揮鞭，一面皺眉尋思。

「凌影曾說過那神醫是隱居在妙峰山，怎的會走到這條岔道來了？看地上蹄痕，明明是另有一匹健馬隨行，那騎者是誰？」

心中疑雲起伏，長鞭起落更急……

屋中，沉寂中凌影不時傾耳諦聽，一片期待之色，自然流露臉上。只有管寧仍然保持著悠閒之態，靜待對方回答。

四明紅袍夫婦稱雄武林多年，經驗閱歷何等豐富，尤其目光更是銳利異常，僅只一視之下，便已看出蹊蹺。

紅袍客一聲大喝道：「無知小輩，可算枉費心機，嘿嘿，你死之後，如意青錢自會落在我手中，還談什麼交換條件！」

倏然欺身而上，手臂揮處，掌影飄忽，已自閃電般向管寧打出兩掌。

管寧面上雖然保持著悠閒之態，實則心中的焦灼之情，比之凌影尤甚，此際，見拖延之策已為四明紅袍夫婦識破，不由又驚又慌，突地滑步側身，依樣葫蘆，左掌一抬，右掌電擊而出。

紅袍客雖想嘲笑管寧黔驢之技已窮，但卻未敢有絲毫疏忽，一見對方揮掌還擊，馬上撤回右掌，腳下移步換形，轉到管寧身後，右掌反甩，斜向管寧背心「命門穴」劈去。

管寧霍地旋身，雙臂倒著往上一翻，左手一招類似「金絲纏腕」，五指伸屈，向紅袍客右腕扣去，右手食中二指彷彿「畫龍點睛」，倏點對方雙目。

這一招兩式似是而非的怪招，拒敵進攻，兼而有之，時間、部位，莫不拿捏得恰到好處，原來方才頃刻之間，又給他悟出一招妙絕塵寰的奇奧招數。

紅袍客火速沉臂屈肘，上身後仰，左掌疾然上揚。

豈料管寧見好即收，擰腰倒縱而出，腳尖沾地，旋身疾掠而起，向門外縱去，口中大喝道：「欲得如意青錢，可隨我來！」

哪知——眼前一花，紅袍夫人已飄身擋住去路，嬌笑道：「小兄弟想撇下你的小妹妹，獨個兒跑呀！我可不答應哩！」

隨著話聲，雙掌已如狂風驟雨般遞出，迅猛綿密，有若長江大河。

管寧被她一陣急攻，逼得手忙腳亂，連連倒退。

凌影沉叱一聲，短劍一揮，搶前援手，卻為紅袍客揮掌截住，寸步難移。

她開始凜於四明紅袍之名，是以出手招式，不求有功，先求無過，但是幾招過後，心中忽地憶起昨夜祠堂中最後一場拚搏，不由暗罵一聲：「糊塗！」精神陡振，劍勢驟變，身形疾展，登時劍氣漫天，劍劍專搶偏鋒，放手進擊。紅袍客武功雖高，對凌影這種黃山翠袖一脈相傳的劍法，卻並不熟悉，是以在凌影一輪放手搶攻之下，全憑著迅速的身法與雄渾掌力，勉強在避讓之中，乘隙還上一兩掌。

但管寧卻已被紅袍夫人的狠辣快捷招式，逼得連思想的時間都沒有，空有一腦子絕世奇學，卻是一團混亂，理不出一個頭緒，若不是原先領悟出來的幾下奇妙招式，交換運用，躲過幾個危險難關時，早已被紅袍夫人傷斃掌下。然而時候一長——

紅袍夫人穩操勝券，笑意盈盈，喜上眉梢，左掌一招，領住管寧眼神，右掌迅逾閃電，向他的肩頭拍落。

管寧右手剛往上一抬，瞥見紅袍夫人右掌已朝肩頭拍落，不由大吃一驚，趕忙一沉肩，左臂一架。「啪」的一聲，左肘頓時骨痛欲折，身體搖晃了一下。

紅袍夫人左掌五指突舒，竟然化掌為抓，一把將管寧右腕脈門扣住，笑道：「你就乖乖地躺下啦！」

管寧奮力運勁一掙……紅袍夫人驟覺一股奇強的無形潛勁，由管寧腕上傳來，震得五指幾乎把握不牢。

驀聽紅袍客連聲呵斥，聲震屋瓦，忙瞬目瞥去，她見丈夫已為凌影逼至屋角，拳腿施展不開，眼看要傷在凌影劍下，於是借著管寧那一掙之勢，左手一帶，五指一鬆，將管寧摔了筋斗，人卻疾掠至管寧背後，喚道：「小妹妹！還是我來陪你吧！」

左掌右指，逕向凌影「鳳尾」、「笑腰」兩大穴襲去。

凌影霍地飄身橫掠，沉叱一聲，反臂一劍揮去，口中卻關切地叫道：「小管！你怎麼了？」

邊說話，邊唰唰唰一連三劍，向紅袍夫人閃電般攻去。

「無妨！但你可要小心些……」

話聲未了，紅袍客已悄沒聲息地閃掠而至，左掌迎胸直劈，右掌橫向肋間砍去。

管寧左肘餘痛未消，右半身仍有些微麻木，一見紅袍客雙掌猛攻而來，哪敢硬接硬架？忙往後倒地避讓。

豈料腳下突被椅子一絆，蹌踉一跤，身子連晃了幾晃。

紅袍客一聲獰笑，縱前雙掌疾然劈落……

此際屋中酣鬥至急處，得意的正在心中狂喜，誰也沒聽見屋外車聲轔轔，更誰也不曾注意到一條頎長秀美的人影，突地毫無聲息地出現在門口。

她秀眉微顰，玉手輕抬，纖指一指……

紅袍客一聲悶哼，手撫腰際，蹌踉掙扎了幾步，一跤跌在地上，一雙充滿恐怖、痛苦、絕望的眼光，凝視著門口，喘息道：「是你！又是你……」聲音逐漸低弱，模糊……

管寧死裡逃生，大叫道：「夫人，你來得正好……」

陡地屋角迸出一聲尖叫，紅袍夫人雙手捫胸，蹌踉退出，身子搖晃了一下，雙腿一軟，倒在紅袍客的身旁，指縫間鮮血泉湧而出。

凌影手捏短劍，沉重地緩步走近紅袍夫人身前，凝視了一眼，緩緩納劍歸鞘。

紅袍夫人雙目陡地一睜，不服氣地斜瞪著門口，斷續說道：「絕望夫人……難道見著你的人，都要絕望嗎？」

絕望夫人微微一笑，手指管寧、凌影，溫柔地說道：「他們倆都沒有絕望啊！相反的正希望無窮哩！」轉顧管、凌二人，笑道：「是麼？」

管寧、凌影歡應了一聲，欣然點了點頭，突地管寧「啊」的一聲驚叫，對絕望夫人沈三娘道：「西門前輩呢？夫人是否將那位神醫尋到？」

絕望夫人沈三娘搖了搖頭，對凌影說道：「我就是特地回頭找你們帶路的，誰知道你們竟會把他們夫婦倆遇上了，這到底是怎麼一回事？」

凌影道：「此事說來話長，我們還是快點去找那位神醫要緊。」

言罷，瞧也不瞧並躺在地上的四明紅袍夫婦一眼，逕自出門駕車。

管寧將公孫左足抱起，緩步出門，黯然回顧，心中不禁長歎道：「你們本是一對神仙眷屬，只為一念之差，竟落得這般下場，眼前你們並臥血泊的情形，不正是和四明山莊的那一雙完全一樣？可見天道好還，絲毫不爽！」

他心中方自慨歎，凌影已在屋外高聲道：「小管，你到底捨不捨得走啊？」

管寧慌忙應了一聲，抱著公孫左足走出這個將會使他畢生難忘的茅屋，將公孫左足在大車上放好，跳上車，與凌影並肩坐好，接過轠繩，揚鞭驅車往驛道奔去。

日影已漸偏西，兩部大車在黃土道路上揚起一串黃塵，馳抵妙峰山口，才緩慢下來，折進山裡約有半里，突地一齊停住，跳下一個英俊的少年——管寧。

他緩步走向田中正在收農具的農人，拱手道：「請問各位鄉親，這妙峰山中，可有一位神醫？」

一個老農搖頭道：「山上郎中倒是有一個，只是脾氣古怪得很，卻不聞有什麼神醫。」

管寧心中大喜，便將山上的道路問明，轉與絕望夫人一商量，便決定往尋那郎中試試。於是分別抱起西門一白和公孫左足，施展輕功，朝山上奔去。

約奔頓飯時光，入山已深，按照老農所示途徑尋去，果見木屋數椽，掩映於林間，忙穿林走至屋前，輕叩柴扉。

半晌，只聽屋內傳出一個蒼老的口音，道：「進來！」聲調冷漠之極。

凌影在前，推開柴扉，「絕望夫人」沈三娘抱著西門一白隨後，管寧抱著公孫左足，魚貫走入屋中，只見屋中陳設簡樸，窗明几淨，打掃得一塵不染，當中一張竹榻上，盤坐著一位鬚眉俱白的清癯老人。

那清癯老人兩眼半睜不閉地瞧著他們進來，突地對絕望夫人一招手，簡單而有力地說道：「過來！」

這三個字聽在絕望夫人沈三娘耳中，不啻如奉綸音，忙抱著西門一白，快步走至清癯老人面前，肅容道：「一白誤為匪人所算，身中劇毒，復失去記憶，危在旦夕。敬煩老先生……」

清癯老人點點頭，作了個手勢不讓她多說，倏地雙目一睜，精光炯炯地將西門一白從頭到腳看了一遍，兩道白眉，漸漸往當中聚攏，似是遇著一件非常棘手之事。

「絕望夫人」沈三娘睹狀，一顆心緊張得直要從胸腔中跳出，兩眼直勾勾地凝視著這位可能使她絕望的神醫，但卻不敢開口詢問。

室中的氣氛，頓時沉寂得像墳墓一般，各人的耳中，只聽到自己心跳之聲。

時間彷彿也暫時停止，絕望夫人沈三娘的希望，也隨著時間的延長而漸漸發生了變化。

突地，那清癯老人沉重地吁了一口氣，漠然緩緩搖了搖頭，揮手命絕望夫人沈三娘退下。

絕望夫人沈三娘絕望地叫道：「怎麼，老先生的意思是……」

清癯老人一無表情地點了點頭，再次揮手命她退下。

絕望夫人沈三娘撲地跪下，哀叫道：「不！不！一白不能死！他是不能死的啊！」

清癯老人冷冷道：「人終是要死的，難道他便能例外？」

凌影一躍上前，躬身說道：「這位西門前輩已服過黃山至寶『翠袖護心丹』，老先生只要……」

清癯老人搖頭道：「此人心雖未死，但軀殼已廢，你們且讓他長留此心，便該心滿意足了。」

說完，招手命管寧上前。

管寧抱著公孫左足，上前躬身道：「這位老前輩病況雖重，但仍希望老

先生設法先將西門前輩……」

清癯老人突然冷冷哼一聲，越過絕望夫人，緩緩走到管寧身前，探手將他懷中的公孫左足接去，緩緩走入鄰室。竟再也不望他們一眼。管寧也想不到這位神醫竟會這般冷漠，不禁為之一怔，大叫道：「老先生……」

但聽「砰」的一聲，鄰室那道木門已猛地關閉。管寧愕然木立在門口，腦海裡頓感一陣茫然，良久，良久……突聞一聲輕微的歎息，起自身後，耳畔但聽凌影悄聲道：「小管，不要發愣啦！你看她……我們怎麼辦呢？」

管寧旋身望去，但見絕望夫人沈三娘，跪在地上，俯望著懷中的西門一白，臉上一片茫然，兩行清淚泉湧而出，一滴一滴，滴在西門一白的身上，眼中的神采，彷彿已隨西門一白生命的消逝而熄滅。

管寧、凌影都深深知道，當一個深愛著的人，一去不回的時候，該是人生中多麼悲慘之事。然而這種悲切的心情，卻是第三者無從加以慰藉的。

管寧黯然望著絕望夫人，雙手不自覺地緊握著凌影的柔荑，心中激動地叫道：「我們再也不要分離了。」

凌影任由他緊握著自己的手，彷佛已從他的目光中，聽出他心中的呼聲……

這心聲的交流，正是人間最寶貴的情操，管、凌二人默默地享受著，任時光流去。也不知過了多少時候——

突然，絕望夫人沈三娘長長歎息一聲，緩緩抬起頭來望著凌影，一字一字地緩緩道：「該……走……了！」

這短短的三個字，令人聽來，卻似已耗盡了她一生的精力，每一字都包含著那麼多的悲痛和絕望，她一生常常令人絕望，自己卻也有絕望的時候。

管寧、凌影黯然對望一眼，齊地長歎一聲，凌影道：「該走了？」

管寧沉重地長歎一聲，垂下目光，道：「該走了。」

這三聲「該走了」一聲比一聲短促，但也一聲比一聲高朗。管寧緩步走出門外，一陣風吹過，他心中突有說不出的寒冷，於是他回首望向凌影，因為此時此刻，除了凌影的目光以外，他便再也找不出一絲暖意。

冬殘春至，薄暮的春風裡，仍有料峭的寒意，西山日薄，一陣夾著初生紫丁花香的微風，吹入窗欞旁一個凝神靜坐的素衣美婦的髮絲，卻吹不散她目光中的幽怨之意。

融化的雪水，沿著後園中碎石路旁一條溝渠，流入假山畔的荷池，直到夕陽全落，夜色漸濃……

她卻仍然動也不動地凝坐在窗欞邊。濃重的夜色，已將大地完全掩沒，但是她，她卻仍未有點燃她身畔銅台的蠟燭之意。

後園西角的一道雕花月門，輕輕推開一線，一道燈光映入，兩個紫衣垂髫的少女，一人手持紗燈，一人手捧食盒，踏著細碎的腳步，悄悄走入園中，她們身後卻又跟著一雙丰神俊朗的少年男女。

夜色之中，他們的面容，也都像那素衣美婦一樣，幽怨而沉重。

她的一隻纖纖玉手，輕輕搭在他的臂彎上，終於，她低語著道：「園子裡沒有燈光，沈三娘難道睡了麼？」

她身畔的少年長歎一聲，道：「只怕不會吧！」

她柳眉微皺，道：「我但願她能睡一會，這些天來，她已憔悴得太多了。」

於是，又是兩聲歎息，隨著微風，在這幽靜的後院中絲絲飄送出去。

歎息之聲，是那麼輕微，但那凝坐窗畔的素衣少婦，秋波一轉，卻已發覺，輕輕說道：「影妹，是你們進來了麼？」

正依偎在這少年身畔的少女，已加快了腳步，走進這後園南角的三間敞軒裡，口中答道：「三娘，是我。」

那一雙垂髫小環，輕輕放下了手中的食盒，點燃了桌上的素燭。

於是，這昏黃的燈光，便使得這素衣美婦的面容，更加絕豔，也使得凝聚在她眉峰秋波中的幽怨悲哀，更加濃重。

那少年在門外輕咳一聲，素衣美婦道：「小管，你也進來吧。」

她身形卻仍未動，生像是太多的悲哀已將她的肉體與靈魂一齊壓住。

打開食盒，取出了六碟清淡而美味的佳餚，取出了三副精緻而淡雅的杯盞，用一條淡青羅帕束住滿頭如雲秀髮的少女輕輕道：「三娘，我和小管來陪你吃點東西，好麼？」

素衣少婦嘴角泛起一絲笑容，一絲幽怨而哀痛的笑容。

這笑容並非是表示她的喜悅，而僅是表示她的感激。

她輕輕歎息了一聲，低語著道：「你們……你們真的對我太好了。」

於是她轉回身，目光一轉，輕輕又道：「影妹，你也瘦了。」

簡簡單單的六個字，其中卻不知含蘊著多少情感與關切，這種情感與關切卻是這少女生平所未享受。

她明亮而清澈的眼波一眨，勉強忍住日中的淚珠，強笑道：「三娘，你要是不吃些東西，我也不吃，你……你忍心叫我更瘦麼？」

素衣少婦櫻唇啟動，卻未說出一個字來，只有兩行淚珠，奪眶而出。

那少年一直垂手而立，呆呆地望著她們，他本十分飄逸瀟灑的神態，此刻亦因一些痕跡猶新的往事，而加了幾分堅毅。

房中一陣靜寂。

素衣美婦突地伸手抹去腮旁淚珠，抬起頭來，強笑著道：「你們叫我吃，你們也該吃些呀！」語聲微頓，又道：「小管，怎地沒有酒？憂鬱的時候沒有酒，不是和快樂的時候沒有知心的朋友來分享快樂一樣地痛苦麼？」

管寧回身吩咐了那兩個垂髫小環，心裡卻在仔細體會著她這兩句話中的滋味，一時之間，心中只覺思潮如湧，暗暗忖道：「悲哀時沒有朋友來分擔煩惱，還倒好些，快樂時你若突然發現你知心的朋友不在身側，那真的比悲哀還要痛苦。」

忍不住抬頭望了凌影一眼，只覺這兩句話驟然聽來，似乎十分矛盾，但仔細一想，含意卻竟是如此深邃。

他呆呆地愣了許久，直到一只翠玉的酒壺，放在他身邊的桌上。於是他們無言獨坐，直到滿滿的酒壺空了，空了的酒壺再加滿。

燭淚，已流下許多了。

在這京城管宅後園中的三個心情沉重的人，才開始有了較為輕盈的語句，他們，自然便是沈三娘、凌影、管寧。

他們從妙峰山一直回到京城裡，因為在他們那種心情下，只有這清幽而雅靜的家宅，是唯一適合他們的去處。

但是這些日子來，他們卻從也不願談起那些令人悲哀的往事，因為他們都深深瞭解，這些事都會那麼深刻地刺傷到對方心底深處。

直到此刻……管寧再次將杯中之酒，一飲而盡，重重擱下了杯子，長歎一聲，道：「這件事直到此刻，雖有大部分俱已水落石出，但是……」

凌影輕輕對他做了個眼色，他卻根本沒有看到，沈三娘淒然一笑，接口道：「影妹，你不要攔他，這些事既然已經過去，死了的人……唉！死了的人也永遠不能復生的，我的悲哀，也……也好像漸漸淡了……你讓他說，有些事擱在心裡，還不如說出來的好。」

管寧微喟一聲，道：「四明紅袍為了要消除心頭的大惡，是以不惜千方百計將君山雙殘、終南烏衫，以及少林、武當等派的一些掌門人毒手殺死，但他們與四明紅袍之間，卻並無如此深切的深仇，足以使得四明紅袍這般做呀！」

凌影秋波一轉，道：「這原因倒不難推測，江湖中睚眥必報的人，本來就多得很，四明紅袍只怕也是這樣的人。」

管寧眉峰一皺，顯見對她的這番解釋，不能滿意。哪知，凌影突又輕呼一聲，似是想起了什麼，接口又道：「最重要的，只怕是這四明紅袍以前一定做過了一些見不得人的隱秘之事，而突然發現，這些人都有知道的可能，是以……」

管寧一拍前額，道：「定是如此。」

他想起了那些留在車座下的言語，再和凌影此番的說話加以對證，想必自是如此，不禁含笑望了凌影一眼，意示讚許。

哪知凌影柳眉輕顰，卻又輕歎著道：「他將這些可能知道他私隱的人全都殺了，這些事，唉！只怕江湖中從此再也沒有人知道了。」

沈三娘輕輕放下酒杯，接口歎道：「自古以來，武林中被人隱藏的私隱，也不知有多少，這本不足為怪，何況……唉！這些事也和我們無關，不去想它也罷！」

凌影、管寧對望一眼，心中雖覺她的話似乎有些不對，但卻也想不出辯駁之詞。

只聽沈三娘又自接口說道：「四明紅袍之舉，的確事事俱都早已處心積慮，他一定先找了兩個容貌與自己夫妻相似的人，然後替他們化裝扮成自己，然後再安排讓四人親眼看到他們的屍身，那麼一來，普天之下的武林中人都只道他們已死，便再也不會以為他們是此事的兇手了。」

管寧長歎一聲，緩緩道：「這兩人為了自己的私仇，竟連自己門下的人都一齊殺死了，心腸真是太狠毒了。」語聲一頓，突又奇道：「但我是在無意之間闖入四明山莊的呀，卻不是他們安排的哩。」

凌影道：「你自然不是他們安排的人，但你無意闖去，卻比他們安排的更好。」

管寧奇道：「此話怎講？」

凌影微喟道：「他們安排好的人，必定就是四川峨嵋豹囊兄弟，也就是殺死你的書童囊兒，又在橋口，向我們發射暗器的人。」

管寧恍然道：「是了，四明紅袍，故意讓唐氏兄弟晚些上山，好教他們看到自己的屍身，哪知我無意闖去，唐氏兄弟見了那等情況，以為我們得了如意青錢，自然要對我們施展毒手，只可惜——唉！只可憐囊兒無端慘死。」

他長歎一聲，倏然住口。凌影秋波轉處，緩緩說道：「囊兒的姐……」語聲突頓，改口道：「囊兒死得雖可憐，但唐氏兄弟不是死得更慘麼，你總算也替囊兒報了仇了。」

管寧垂首歎息半晌，突又問道：「你說我無意闖去，還要比他們安排的好得多，這又是為了什麼？」

凌影微微一笑，道：「這因為你根本不懂江湖間的事，也看不出那些慘死之人外傷雖重，其實卻早已中了毒，便一一將他們埋了。」

管寧奇道：「中毒？你怎知他們中毒？」

凌影道：「那些武林高手，俱有一等一的武功，若非中了毒，怎有全部都遭慘死之理？這點我原先也在奇怪，還以為是西門前輩下的殺手，後來我見了車廂中的字跡，說四明紅袍既擅易容，又擅毒藥，才恍然大悟，是以你所見的死屍，武功較弱的一些人，都死在道路前面，那是因為他們毒性發作得早，武功高強的一些人，譬如終南烏衫、公孫右足這些人，都死在路的盡頭山亭上，那自是因為他們發作較遲，四明紅袍等到他們俱都中毒昏迷後，又在他們額上擊下致命的一掌，那卻已只是故作煙幕，掩人耳目罷了。」

她語聲不停，說到這裡，直聽得管寧面容數變，又自恍然道：「他以如意青錢為餌，請了這些人來之後，又不知用何方法，將西門前輩也請了來……」

沈三娘幽幽一歎，道：「他若是去請一白，一白萬萬不會去的，他若用激將之計，或者說要找一白比鬥，或是說要尋一白評理，那麼……唉！一白便萬萬不會不去了。」

管寧默然一歎，道：「哦！沈三娘，當真可說是西門前輩的紅粉知己，人生得一知己，死亦無憾，西門前輩此刻雖已葬於西山下，想必亦可瞑目了。」

只聽凌影接著他的話頭道：「四明紅袍用奸計騙了西門前輩去，等唐氏兄弟見了那等情況，自然以為是西門前輩將他們一一擊死後，自己也不支而死，他們要讓西門前輩死後還背上惡名，唉！這真是天下第一毒計。」

三人相對噓唏半晌，各都舉起酒杯，仰首一乾而盡，似乎在不約而同地為西山下，新墳中的西門一白致祭。

然後沈三娘又自幽幽長歎道：「影妹，你年紀雖輕，卻是聰明已極，若不是你發現那四明紅袍夫婦的真相，只怕——唉！只怕事情又要完全改觀了。」

凌影沉吟半晌，道：「我開始懷疑是在那荒廟裡，以峨嵋豹囊的武功，竟會被人追得那般狼狽，追他的人，武功定必甚高，然而江湖中武功高過峨嵋豹囊的人，卻不甚多，最奇怪的是，那兩個黑衣蒙面中較矮的一個，居然熟知我的劍法。」

她語聲微頓，又道：「我當時心裡就在想，知道這路劍法的，除了四明紅袍夫人之外，誰也不會到中原來，但是四明紅袍夫人卻又死了，那他是誰呢？」

「後來我又發覺此人說話的語聲，似乎是偽裝出來的，好好的一個人，為什麼要偽裝自己的語聲，除非是個女的，硬要裝成男人的聲音。」

管寧不住頷首道：「是極，是極。」

他雖然天資聰敏絕頂，但畢竟江湖歷練太少，是以目光便遠不及凌影敏銳，此刻聽了凌影的話，但覺自己當時似乎也覺得有些不對，但卻沒有真正發覺出來而已。直到凌影說出，卻又字字句句俱都說到了他心裡。

凌影微微一笑，接道：「後來我又看到車座下的那些字跡，我想來想去，又想出了幾點可疑之處，第一點，那些慘死的武林高手是怎樣中的毒？」

管寧俯首沉思半晌，道：「大約是下在杯中，是以我由後面出來時，那些茶杯俱都不見了。」

凌影道：「是了，毒是下在茶中的，後來茶杯不見，自是下毒的人生怕自己惡跡暴露，是以將茶杯毀去，由此可知，下毒的人定然未死。」

管寧頷首稱是。

凌影又道：「但是在那種情況下，除了主人之外，又有誰能在每盞茶中俱都下毒呢？除了精通毒性的人，又怎能使那麼多武林高手都不覺察地中毒，這兩點資格，普天之下，只有四明紅袍俱備，再加上唐氏兄弟的那一番敘述，我才斷定他並未死去。」

她微一頓又道：「但他們若未死，你又怎會看到他夫婦的屍身？於是我又推斷，必定是他們先將兩個與自己面容相似的人，化裝成自己的樣子，自己再化裝成家僕丫環一類的人，在旁伺機下手，他們之所以不請與他們熟悉的人到四明山去，便是生怕那些人看破此中的真相。」

管寧長歎一聲，再次舉杯一飲而盡，一面不住讚道：「那時在馬車邊，聽你說，只要解決三件事，便可查出此中真相，我還在笑你，哪知——唉！哪知你確是比我聰明得多。」

沈三娘緩緩道：「還有呢？」

凌影微微一笑，眼波轉處，輕輕瞟了管寧一眼，方自接口道：「這些事一推論出來，我便有了幾分查明真相的把握，直到後來，我一走進那棟茅屋，又發現了幾點可疑之處，於是我便斷定這『師徒』二人，他們將我和小管騙到那裡，原來也是想請我們喝兩杯毒茶，哪知卻被我裝作失態的模樣，將兩盞茶俱都打翻。」

管寧歉然一笑：「那時我心裡也在怪你太過魯莽，只是沒有說出來而已。」

凌影垂下頭去，緩緩道：「以後你心裡要怪我，還是說出來的好。」

管寧呆呆地望著她，心裡突地升起一陣溫暖，只覺自己多日來的辛苦驚駭，只要這種溫暖的千萬分之一，便已足夠補償。

沈三娘一手持杯，目中凝注著這一雙深情款款的少年男女，心裡想到西門一白蒼白英俊的面容，不禁暗歎一聲，知道自己的一生，此後永遠寂寞了。兩行晶瑩的淚珠，緩緩沿腮落下，落入杯中，她仰首喝乾了杯中和淚苦酒，轉目望去，只見桌上素燭將已燃盡，燭淚滴滴落下，就正如她的眼淚一樣。於是她突又想起兩句淒婉的詩句，禁不住輕輕念道：「春蠶到死絲方盡，蠟炬成灰淚始乾……」

數月之後，四明山莊的慘案，在人們腦海中方自平息，但是江湖中卻又開始轟傳著幾件震動天下的奇事。

京城西山下的一座新墳，突地被人挖開，棺中空無一物，屍身竟不知到哪裡去了，武林中俱都知道此處本是西門一白的葬身之地，想到他一生行事的神奇詭異，於是江湖中開始暗中流傳起一個近乎神話的故事，說是西門一白其實未死，他又復活了。

太行紫靴突然歸隱，而且從此一去無蹤，紫靴門的掌門人之職，卻一直虛懸其位。

多年未履江湖的黃山翠袖，突地被人在京城發現行蹤，第二日，卻又看到她領著她啜泣不止的徒弟直回黃山，並且聲言天下，武功若不能高過於她，便不能娶得她的弟子，江湖子弟雖然都知道她弟子「凌無影」美豔，卻再無一人有此勇氣面對黃山翠袖的青鋒。

崑崙、武當、少林、點蒼、羅浮、終南、峨嵋等一干門派的高手，突地一齊下山，大河南北，長江南北，在在都發現這些名劍的俠蹤。妙峰山的神醫，突地蹤影不見，他到哪裡去了，也正和別的那些事一樣，普天之下，再無一人知道。

這些事發生在數月之間，卻在十數年後方才水落石出，只是那時已有些人將這些事淡忘了。武林中的人與事，正都是浪浪相推，生生不息，永遠沒有一個人能將這浪浪相推，生生不息的武林人事全部了然，這正如自古以來，永無一人能全部了然天地奧秘一樣。

《失魂引》全書完

【附錄】

折斷刀鋒——古龍的「大武俠時代」

《武俠小說史話》作者　林遙

一

一九八五年八月下旬的一天，台北天氣溽熱，綠意醉眼，路人揮汗如雨。三十八歲的《聯合報》主筆陳曉林多年後回憶，只記得那天下午「熱得很」。他隻身來到台北士林區的天母地區，敲開了天母四路廿九之八號五樓的門。這家主人姓熊，名耀華，但他最為人熟知的是他的筆名——古龍。彼時的陳曉林不會想到，這將是他和古龍見的最後一面。

天母地區的北邊和東邊，緊鄰台北市的陽明山公園，西邊以磺溪為界，南邊跟士林區的商圈還有雙溪相隔，是台北市郊區的高檔住宅區。

一九五〇年，國民黨政府撤至台灣，有很多官員和外僑都搬進天母地區居住，迨至美援時期，美軍攜其眷屬多居於此，常見美式風格建築，是以此地別具異國風情。

古龍在這裡購房居住，已是功成名就之後。這幢房子面積三百多平方米，按照台灣只計算套內面積的演算法，已屬豪宅。房子很大，但屋裡除了古龍和他的弟子丁情，也只有負責做飯的傭人陳美。昔日的熊宅不拒喧嘩，今時卻彷彿畏怕太多人聲，寧做鬧市中悄靜之石。

古龍的書房面積二十餘平方米，三扇門，一門通客廳，一門通電視間，背面則是一長排落地門，推開落地門便是陽台，空氣流暢、陽光充足。當初的設計和佈置，皆由古龍自出機杼。

書房懸有台灣文壇名宿陳定山親筆擬寫的對聯：

「古匣龍吟秋說劍，寶簾珠卷曉凝妝；
寶釁珠璫春試鏡，古韜龍劍夜論文。」

書房有兩面大書櫃，放置些書，不過這些書並非古龍常看或最喜歡的。古龍交遊甚廣，卻怕朋友對這些書「有借無還」，所以書房裡泰半是無關緊要的書。他把大部分書籍擺在臥房及藏庫裡，據古龍所言，他的藏書少說也有十萬冊，其中甚至包括珍貴的原版和絕版書。

陳曉林此行，是因當時古龍在《時報週刊》連載的一篇稿子已經斷了十天左右。古龍無緣無故斷稿，陳曉林心知古龍身體出了狀況，特地前來看望。

陳曉林看到斷更的稿子是《銀雕》，一九八五年六月三十日開始在《時報週刊》上連載，到一九八五年八月四日斷稿。陳曉林發現連載過程中的文字，時而流暢優美，時而呈現敗筆，讓他頗為不解。

《銀雕》屬於古龍在一九八五年三月開始連載的系列短篇武俠小說集《大武俠時代》的一篇。

如果翻閱古龍的創作年表，你會發現古龍從一九八三年三月廿六日《午夜蘭花》匆匆擱筆後，再也沒有小說新作，足有兩年後，一九八五年三月一日，他在《聯合報》副刊連載《賭局》，古龍開始萌發一個很大的構想：

我計畫寫一系列的短篇，總題叫作「大武俠時代」，我選擇以明朝做背景，寫那個橫的時代裡許多動人的武俠篇章，每一篇都可以獨立來看，卻互相都有關聯，獨立的看，是短篇；合起來看，是長篇，在武俠小說裡這是個新的寫作方法。

這年四月，作家林清玄拜訪古龍。當時林清玄供職於《時報週刊》，回來後寫了篇散文《敬酒罰酒都不吃——病後的古龍要創新武俠世界》進行推薦，刊於一九八五年四月廿一日《時報週刊》第三七三期。

《賭局》在《聯合報》刊載，以《短刀集》為總題，連續四篇。

《賭局》之後為《狼牙》、《追殺》、《海神》，至一九八五年八月八日結束；《時報週刊》以《大武俠時代》為題，連載三篇的《獵鷹》、《群狐》、《銀雕》，一九八五年八月四日停稿，並未寫完。

大陸讀者最為熟悉的，當是一九九二年中國文聯出版公司以《獵鷹•賭局》為名出版的「絕筆」之作，此書沒有《銀雕》這一篇（因其未完），台灣最早的版本萬盛出版公司版也僅有六篇。中國文聯出版公司版本承襲自萬盛出版公司。

「大武俠時代」和「短刀集」是什麼關係呢？

「大武俠時代」分狹義和廣義。狹義僅包括《獵鷹》、《群狐》、《銀雕》三篇，與「短刀集」的《賭局》、《狼牙》、《追殺》、《海神》四篇並列，廣義則將「短刀集」的四篇一併納入。萬盛出版公司在出版時也統稱為「大武俠時代」。

這幾個短篇在台灣連載的同時，也在香港玉郎機構旗下的《清新週刊》連載，由香港玉郎出版社結集為《大武俠時代》出版，《賭局》、《狼牙》、《追殺》合為一冊，標明「大武俠時代之一」，書前有古龍手書的《「大武俠時代」系列叢書・序》：

我這些故事，寫的不是一個人，一件事，也不是一個家族。

我這些故事，寫的是一個時代，寫這個時代一些有趣的人和事，雖然每個故事全都獨立，彼此間卻又有著很密切的關係。

這個時代，就是我們的——大武俠時代——

這個「序」是《時報週刊》和《聯合報》都沒有的，卻也證明古龍本人亦將「短刀集」四篇納入「大武俠時代」系列。

從情節看，《賭局》等四篇圍繞「賭局」「財神」展開，《獵鷹》等三篇圍繞「六扇門」破案展開，雖各成系列，但主要角色同為卜鷹、關二、諸葛太平、胡金袖、程小青、白荻、下五門聶家等人，情節亦有關聯，這恰是古龍「聚之為火，散之若星」的構思。

同一系列的故事，卻分別在《聯合報》、《時報週刊》兩處連載，亦是古龍不得已的苦衷。

二十世紀五十年代初期，台灣報業經歷了從重建到緊縮的過程。由大陸轉移來台的新聞事業與台灣本地新聞事業合流，形成名為自由報業，實為被管控的報業體制。一九五七年，台灣當局對報業採取了諸多限制措施，如限制張數、控制內容等，是為「報禁」。報紙數量因而長期穩定在三十家上下，這其中，以《聯合報》報系和《中國時報》報系佔據市場最大。

《聯合報》源於王惕吾創辦的《民族報》、林頂立的《全民日報》和范鶴言的《經濟時報》。在王惕吾的發起下，三報於一九五一年九月十六日並創聯合版，報名為《全民日報、民族報、經濟時報聯合版》，至一九五三年九月改為《全民日報、民族報、經濟時報聯合報》，於一九五七年更名為《聯合報》。一九七四年成立聯合報股份有限公司，王惕吾任董事長。

王惕吾出身軍職，曾任中國國民黨中常委，地位顯赫。自創立伊始，《聯合報》因與當局關係良好，得以快速發展，擴張規模，至一九五九年取代黨營、公營報紙的優勢，成為當時台灣發行量最大、最具影響力的報紙。

《中國時報》的創立人為余紀忠，也曾是中國國民黨中常委，在政治上頗有實力。

一九五〇年，他創立《徵信新聞》，開始不過是一張油印小報，主要報導內容為物價指數。

一九六〇年改名為《徵信新聞報》，一九六八年三月廿九日開始彩色印刷，為亞洲第一份彩色報紙，一九六八年九月一日更名為《中國時報》，正式成為綜合性報紙。《中國時報》日後又創辦了《工商時報》、《美洲中國時報》、《中時晚報》、《時報週刊》、《中時電子報》等媒體，並將中天電視台納入旗下。

一九七〇年代初，《聯合報》和《中國時報》合占全台灣報紙發行總數的四成，到一九七〇年代末已達六成，嗣後攀升至一九八七年，曾創下七成五的高峰。台灣的報業在一九七〇年代後期突飛猛進，《中國時報》副刊「人間」和《聯合報》副刊為爭奪讀者打起了擂台，這種競爭幾乎席捲整個台灣報紙副刊領域，同時也開啟了台灣副刊最輝煌的時代。

古龍之所以不得不將「大武俠時代」的系列小說分割發表，恰是處於當時《聯合報》系和《中國時報》集團互相競爭極為激烈的時期，二者各自負責相關版面的主編，皆和古龍有頗深的交情。古龍若只給其中一家發表，另一家的主編勢必無法向報業老闆交代。古龍為了不讓朋友難堪，只能同時供稿，以示公平對待。古龍常言：「人在江湖，身不由己。」這恰是他自己的感慨。

彼時的古龍身體狀態已然欠佳，就在陳曉林登門前一個月，「大武俠時代」尚在《時報週刊》和《聯合報》勉力登載。台灣一家新成立的《大追擊》雙週刊也找古龍邀稿，因這家雜誌的合夥人是出身《聯合報》的記者，跑新聞時和古龍建立了交情，古龍一向同情弱勢，明知記者縱然創業，也勢必無法和大報系競爭，然而眼見刊物新創，篳路藍縷，遂激於俠情，仗義出手，提振精神，又開一篇新稿《財神與短刀》。

窗外晚晴，屋內微炙，陳曉林眼見當年神采飛揚的古龍如今神情委頓，作為多年老友，不禁大為心痛。兩人談起連載的「大武俠時代」，古龍卻滔滔不絕，認為新作對人物的刻畫、情節的推動，已進入一個新境界。

一直以來，古龍在武俠小說的創作上「求新、求變、求突破」，到了他生命的最後時期，他在「大武俠時代」寫作中，不僅尋求文字技法的凝練和奇崛，更期望除了「武俠」固有的傳奇性，更能注重日常生活的書寫。

古龍曾向林清玄提到，他希望至少能再活五年，以完成這個寫作計畫。這次面對陳曉林的問詢，他更加嗟歎，說若能再活五年，他不僅可以完成「大武俠時代」，而且可以將已構思成熟並擬具大綱的《一劍刺向太陽》、《蔚藍海底的寶刀》、《明月邊城》三個長篇故事都親筆撰成。他自信，這些合起來，可以充分發揚武俠小說的特質，也可以為武俠小說的文學地位再奠一塊基石。

為武俠小說正名和爭取地位，恰是古龍多年以來寫作上的追求。在他心中，這個願望，如此隱約，如此雄壯。

陳曉林望著古龍，心裡明白，古龍既然要以短篇小說為單元，串聯起一個首尾呼應的大故事，他心中較量的對象，分明是正統文學界中被公認為「現代短篇小說之王」的海明威。

古龍後期作品，因其簡潔凝練的文字風格，評論界多謂古龍文字受到海明威「電報體」文字影響，但言下之意，仍是武俠小說登不了大雅之堂，無法和海明威的作品比肩。

陳曉林知道自負的古龍不以為然，尤其不認為純就文學質地和文學造詣而言，正統文學就一定比列入通俗文學行列的武俠小說高明。他為此而不停地努力著。

古龍極少刻意宣揚自己的作品，然而「大武俠時代」創作時，他卻常提醒朋友和記者，要關注「大武俠時代」。在生命的最後階段，古龍對他構思的這個短篇武俠系列，賦予了極大的希望。然而，古龍雖有再出發、再創新的強烈意願，但進入一九八五年，他的身體每況愈下，又發生了因胃穿孔引發大出血，送醫急救而幾乎不治的情況，在創作上明顯力不從心。

「大武俠時代」從一開始，就陷入了「聽寫」的狀態。當時丁情搬來與古龍同住，古龍寫了幾天後，改為口述，丁情抄寫。報紙和週刊的連載張數是不一樣的，報紙每天大概需要寫兩三張稿紙，而週刊則是一星期一刊，每次至少要寫十幾張稿紙，需要三四個小時，有的時候甚至兩三天才能完成。兩個地方同時進行連載，所耗心力極大，時寫時輟。

古龍因顧念與編輯的交情，不好斷稿，所以發現文中有瑕疵，或者情節不理想時，便要丁情代筆補正。然而，丁情的才學實不能勝任，於是往往抄襲古龍以往小說中的某些段落充數，這也是陳曉林閱讀過程中感覺奇怪的地方。談及《銀雕》未來的情節走向，古龍頗為興奮，他說自己對《銀雕》的整體結構已有考量，並將下文的設定告訴了陳曉林，希望陳曉林代筆將之續完。

這種託付頗有不祥之意，但彼時的陳曉林卻沒想那麼多，只是忠實將之記錄下來。

若干年後，回溯這段往事時，我問陳曉林，為什麼當時沒有答允古龍？

陳曉林苦笑：「《銀雕》發表於《時報週刊》，我當時是《聯合報》主筆兼《聯合月刊》總編輯。『聯合』對陣『中時』，競爭激烈，我其實不方便在《時報週刊》發表文字，這也是我沒有立即攬下續稿之事的心理因素之一。另外，丁情一直為古龍代筆，若是答允，不免影響丁情和古龍的關係。」

陳曉林猶豫再三，只得說：「再看看吧，說不定你精神好轉，自己能執筆呢！」

《銀雕》此後再未連載。曾出版過《銀雕》殘稿的香港玉郎出版社在數年後歇業，最初印量也不大，台灣萬盛出版公司也未出版《銀雕》。《銀雕》

一篇幾告失傳，多數讀者、學者只知其名，未睹其文。

吾友程維鈞，癡愛古龍小說，多年以來對古龍小說相關版本孜孜以求，撰寫的《古龍小說原貌探究》一書，頗獲業內好評。據他說，二〇〇六年，他在網路上發現了一篇香港網友的帖子，內中提到香港玉郎出版社的書中有《銀雕》的故事，遂到香港圖書館網站搜索，果然查到《銀雕》的出版資訊。

二〇〇七年六月，程維鈞在香港玉郎出版社出版的《不是集》（一九八五年十月出版）中發現《銀雕》的出版預告和故事梗概。

二〇〇八年七月，玉郎本《銀雕・海神》一書現身網路，隨後，台灣的古龍武俠小說研究者陳舜儀在台灣一家圖書館中找到《時報週刊》上《銀雕》的連載原文，對比文本，基本和玉郎本一致。《銀雕》在佚失二十多年後，終於得以重新面世。

古龍另一篇《財神與短刀》從一九八五年七月廿六日開始，在《大追擊》第六期連載，古龍撰寫了序幕和第一部（篇幅短小，約略為章），後面二至三部由古龍口述，丁情代為抄寫，到八月廿三日也斷稿了。

《財神與短刀》原計劃寫成「大武俠時代」衍生的長篇故事，主人公為浪子形象出場的朱動，但古龍僅撰寫了前三部便撒手人寰，與《銀雕》一樣，成為古龍的遺作。

數月前，林清玄離開古龍家，說「天母的黃昏不如從前那麼美了」，走在路上，還「想起了柳永《鶴沖天》詞的後段來」。

陳曉林離開時，沒有這樣的清爽浪漫，空氣濕重，他只覺得煩熱依舊，路上想起自己與古龍十餘年的交往，心中充滿了惆悵與憂傷。

二

在古龍眾多的朋友裡，陳曉林是為數不多與「酒色財氣」無涉，只是單純談文論藝的友人。

陳曉林回憶時說：「我造訪古龍時，古龍從來不會提當晚或近日的餐宴飲酒，也不提他的作品改編或他的電影事業之類，只是談他對文學意境和技巧的心得，談他對自己某些作品未來將如何修訂的思考，甚至談他對學界一直不肯將武俠小說當作值得重視的文類，將通俗文學與純文學劃分鴻溝的不滿。」

古龍的這種無奈，一直貫穿到去世前。就像陳曉林最後一次登門，古龍明明已諸事纏身，千頭萬緒，甚至病後體弱，精神不濟，但一談到武俠文學的困境和未來，立刻神采飛揚，妙語連珠。在他內心深處，關於武俠，關於文學，才是他最為珍視的生命底色，只是因為他的性格和生活環境，最終沒能實現。

古龍寫過一幅字「握緊刀鋒」，這四個字他反覆書寫，映襯出內心的惆悵。古龍喜讀毛姆，毛姆有小說《刀鋒》，意為「得救之道如刀之鋒刃般難行」。古龍自我之衝突，恰如行走刀鋒。

陳曉林祖籍陝西沔縣，是台灣優秀的散文家和文學評論家，二十歲時即在《中央日報》副刊發表處女作。他雖獲得了台灣大學工學學士學位、美國哈佛大學碩士學位，卻因為對文字的執念，放棄了當時相當熱門的工科，轉向文學、歷史和哲學，出版了多部著作及譯著。

陳曉林和古龍相識於一九七二年，那一年，陳曉林從台灣大學畢業，九月，經台灣漫畫家牛哥和妻子牛嫂介紹，結識了古龍。

牛哥不姓牛，大名李費蒙，因生於牛年，自號「牛哥」。牛哥一九二五年出生於香港，一九九七年病逝於台北，一手寫曲折離奇的推理小說，一手畫散播喜怒哀樂的漫畫，擁有廣大讀者群，雄踞台灣文壇三十餘年。

牛嫂名為馮娜妮，是古龍的學姐。古龍從淡江英語專科學校（後升格為淡江大學）肄業，牛嫂比他高幾屆。牛嫂系出名門，她的祖父馮德麟晚清時出身綠林，是張作霖的對手和前輩，在民國時期擔任瀋陽副都統、奉天軍務幫辦、陸軍第二十八師師長，在東北叱吒風雲。她的父親馮庸曾散盡家財，創辦了東北高等學府馮庸大學，是東北地區第一所私立大學，頗為東北人所景仰。

牛哥、牛嫂極欣賞古龍豪爽的性格及酒量。年輕時的古龍一文不名，偏又年少輕狂，惹是生非，夫婦倆著實幫了他不少。

同為武俠作家的諸葛青雲，在古龍逝後於一九八五年九月廿三日在《民生報》上撰文說：「如果古龍死過一千次，牛嫂一定救過他九百九十次，牛哥夫婦與古龍交情之深可見也。」

牛哥夫婦對古龍的照顧，讓從小遭遇家變的古龍感受到家庭的溫暖。馮娜妮又被人戲稱為「古龍的媽」。

約莫八年前，陳曉林尚在讀初中，古龍還在寫作《大旗英雄傳》和《浣花洗劍錄》，陳曉林已讀了大量古龍的小說，頗為喜歡，覺得古龍的小說不同於其他武俠作品。兩人這次見面，陳曉林至今難忘，自陳「是奇妙的緣分」。兩人話語投機，頓覺傾蓋如故，談論起武俠小說，彼此滔滔不絕，大起知己之感。

古龍的興奮，其來有自。遠在香港，金庸的最後一部武俠小說《鹿鼎記》在《明報》已連載至尾聲。一九六九年十月廿四日開始，到一九七二年九月二十日結束，歷時近三年，共連載一〇一九期，成為金庸小說篇幅最大、連載時間最長的一部。金庸對武俠小說創作已萌生退意，也沒了曠日持久寫作武俠的動力，但是《明報》副刊不能沒有武俠小說，於是將目光投向台灣的古龍。

古龍接到金庸來信時，好友于東樓在場。古龍當時正準備洗澡，他每日收到信件甚多，並不及細看，就將這封香港來信遞給于東樓。于東樓拆開一看，竟是金庸的約稿信，忙把信交給古龍。古龍讀信後，簡直難以置信，澡也顧不上洗，半天無語。

古龍意外且興奮。一九七二年的古龍已經成名，但他一意創新，壓力頗大，其寫作風格並不被人廣泛認可，若能夠接棒金庸，既代表了前輩對晚輩的期許，更代表金庸對古龍武俠小說寫作的認可。

《鹿鼎記》在《明報》最後一期連載結束時，附有一則「小啟」：「金庸新作在構思中，明日起刊載古龍先生武俠新作『陸小鳳』，該書故事曲折，人物生動，情節發展在出人意表，請讀者諸君注意。」

古龍認真思索，精心準備，一九七二年九月廿一日開始於《明報》連載《陸小鳳》，在楚留香之後，創作出陸小鳳這個經典的遊俠形象，連載時間長達兩年半。在這個系列中，古龍將推理武俠寫至極致，各部水準相當，風格統一。

陳曉林和古龍這次見面，還有一事頗為重要，那就是從側面確定了古龍的出生年份。

關於古龍的生年，學界頗有爭議。曹正文在《中國俠文化史》中認為古龍生於一九三六年。葉洪生在《論劍——武俠小說談藝錄》中認為古龍生於一九三七年。古龍逝世於一九八五年，好友倪匡所撰的公開訃告裡稱古龍「在人間逗留了四十八年」，以此推算，古龍應生於一九三七年，很多學者皆持此說。

葉洪生與林保淳合寫《台灣武俠小說發展史》時，從古龍的戶籍資料中發現，古龍登記的出生年為一九四一年，遂以此為準，認為古龍應生於一九四一年。

陳曉林手中存有古龍親人所發訃聞的影印本，上面則明確記載古龍生於「民國二十七年六月七日享年四十八歲」，由此可知，古龍應生於一九三八年，倪匡稱古龍卒於四十八歲，當是遵從中國人的習慣，指其虛歲。

陳曉林和古龍首次見面，陳曉林道出年齡，古龍哈哈大笑，說自己屬虎，比他年長十一歲。陳曉林自己生於一九四九年，以此推論，年長他十一歲的古龍應生於一九三八年，並且一九三八年生肖屬虎，和古龍的描述相符。因此，古龍生於一九三八年六月七日，可作定論。

一九七六年，陳曉林服完兩年兵役，接到了《中國時報》老闆余紀忠的邀請，請他擔任副刊《人間》的主編。

當時台灣的報紙副刊，主要內容有文藝、趣味、新聞評論、新知、人物修養五大類別，且各有內涵，其中以文藝居於主流地位，包括各種文學理論、藝術創作、歷史小說、現代小說、章回小說、古典詩詞、新詩、散文、小品文、文壇動態、文學批評、漫畫、影評等。

一九七四年，古龍曾經在《中國時報》副刊連載《天涯・明月・刀》，從四月廿五日開始，至六月八日。《中國時報》在沒有通知古龍的前提下，僅僅四十五天，就將這部小說「腰斬」。

古龍致力於武俠小說的創新，在這部作品中想寫些哲學思考，提升小說品位，於是試用散文詩的筆法進行文體革新，很多讀者不習慣古龍新嘗試的文體，議論紛紛。偏在這個時候，另一位武俠名家東方玉也向余紀忠施壓，聲言：「讀者不滿，有的甚至要求退報。」

東方玉本名陳瑜，字漢山，一九二三年生，二〇一二年逝世，浙江餘姚人，上海誠明文學院中文系畢業，舊體詩寫得頗為出色，曾創辦《嶺梅詩刊》，書法極佳，台灣很多武俠小說的書名，皆由他親筆題寫，自己出版過五輯《漢山詩集》和一本《凝翠廬集》，都是由自己親筆抄寫印刷。浙江大學出版社曾出版過一冊《當代八百家詩詞選》，由毛谷風選編，封面題字者是啟功，扉頁題字者則是唐圭璋，書裡選了東方玉的四首詩，其中《寒夜》詩，有「三載流離歸異域，八年機要入明堂」句，恰是其生平經歷。

東方玉少年時從軍，一九四九年渡海來台。一九六〇年，台灣《新生報》刊登了一篇他十分「不欣賞」的武俠小說。不久後他結識了該報的副刊編輯，閒聊時，提到了那篇小說，於是編輯向他約稿，他思量後，回去寫了平生第一篇武俠小說《縱鶴擒龍》，開始了武俠小說創作生涯，一寫就是三十年，號稱從未有一天斷稿。

《縱鶴擒龍》一書擷取還珠樓主等民國武俠小說作家書中的天才地寶、神奇武功，敷衍成書，刊出後竟然大受歡迎，後又有多家報紙約稿，東方玉遂辭去「黨團」職務，專心寫作。

正是東方玉的背景，一九七〇年以後，他頗得余紀忠賞識，其小說由《流香令》到《泉會俠蹤》，竟然在《中國時報》副刊連續刊出十三部，時間長達十年之久！

古龍弟子丁情後來回憶：「在當時三大報的副刊都有特定『武俠名師』的小說在連載著。《中國時報》率先推出古龍的武俠小說《天涯・明月・刀》，這麼一來，山頭本來的『名師』就得『遊山玩水』去了，這怎麼可以呢？於是報社就開始接到『很多讀者』投訴，說《天涯・明月・刀》這篇文章根本不倫不類，不是武俠小說，如果不停刊，就要退訂報紙……」

各方壓力到了余紀忠面前，余紀忠看了後，覺得在武俠小說裡談人生、談哲學，節奏太慢，就下令停了這本小說的連載。

今日回溯《天涯・明月・刀》斷稿之因，一是讀者不習慣古龍文風，二是武俠作者搶奪連載的版面。

當然，古龍並沒有放棄，這本小說仍然寫完了，這得益於古龍小說在香港的連載。

一九七四年六月一日至一九七五年一月廿一日，《天涯・明月・刀》完整刊載於香港《武俠春秋》。但古龍對這件事，頗耿耿於懷，多次稱其為一生中「最痛苦，受挫折最大」的作品。

陳曉林此番接手副刊，堅持認定古龍是最有才華和創意的武俠作家，仍請古龍開新稿，並告知余紀忠：「如不同意，我即辭職。」

余紀忠深受胡適等文化學者的影響，對武俠小說並不如何看重，奈何讀者喜歡，所以副刊上只要有武俠小說即可。他見陳曉林如此激烈，就順水推舟同意了。

古龍交給《中國時報》副刊的新小說是《碧血洗銀槍》，從一九七六年九月二日開始連載，至一九七七年二月十七日結束。

《碧血洗銀槍》能夠再次登陸《中國時報》，當時評論界幾乎一致認為是《中國時報》低頭的結果，更有人說這是古龍的「王子復仇記」。但不論怎樣，古龍這次掙足了面子，因《聯合報》副刊和《中國時報》副刊《人間》乃是對手，見古龍在《中國時報》上開新稿，立刻邀請古龍登陸《聯合報》。一九七六年十月五日，古龍的另一新作《大地飛鷹》也新鮮出爐。

陳曉林回憶，嗣後一段時期，他時常去古龍家飲酒敘談，主要話題就是古龍的小說，包括構思、情節、技法等，也聊到古龍很多作品為何沒能一氣呵成，卻轉而被他人代筆續完的原因。這時的古龍，眼中總是有一縷抹不去的哀傷。

在微醺中，古龍手持筷子輕敲酒杯，漫聲吟出詩句：「**兒須成名，酒須醉；酒後暢訴，是心言。**」一聲音淒清孤寂，撼人肺腑。

陳曉林不知這兩句詩的出處，詢問古龍，古龍說，這是譯成英文的波斯詩句，他轉譯為中文。

古龍將這兩句詩寫入連載中的《大地飛鷹》，一再反覆回味，可見其內心深處對武俠小說創作的感慨如此深邃。

我很好奇這兩句詩的原始出處，追問陳曉林，是否出自《魯拜集》？但是當年陳曉林沒有問，這件事或已成謎案。

《魯拜集》是十一世紀波斯詩人奧瑪・海亞姆的著作，「魯拜」即波斯的四行詩。詩人通過大量詩句抒寫縱酒狂歌，以此洞察生命的虛幻。

《魯拜集》有五百餘首詩，一八五九年，英國詩人愛德華・菲茨傑拉德以英文翻譯了其中的一百〇一首，才把詩集譯介到英語世界，《魯拜集》此後名聲大振。在中國，《魯拜集》有二十多種譯本，郭沫若、胡適、聞一多、徐志摩等名家都曾翻譯過《魯拜集》。

古龍的英文甚佳，一九五四年三月，古龍就讀於台灣省立師範學院附屬中學初中部時，就以筆名「古龍」在《自由青年》上發表了英文譯作《神秘的貸款》。一九五五年，古龍將滿十七歲，就讀於成功中學（高中）一年級下學期，於三月三日、三月五日、三月十三日，在《中央日報》第六版連續發表了三篇譯作。古龍直接閱讀英文詩集並無問題，但那首詩是否出自《魯拜集》，無法確認。

我曾翻閱不同版本的《魯拜集》，與古龍所吟詩句相似的是第六首，但並不完全貼合。當年菲氏對於波斯文原作有過大刀闊斧、天馬行空的改造，既有直譯，亦有改寫，更有將原文重新排序的合成翻譯。古龍或也用了這樣的方法。

《大地飛鷹》是古龍相當珍視的一部作品，投入大量心血，具有濃郁的異域風情，文字凝練，意境深遠，表達了關於人生的存在與困境。

這樣一部作品，連載到一九七七年十一月十一日匆匆收尾，很多人物沒有結局，小說即告結束。沒人知道為什麼。後來，台灣的詹宏志曾撰文《第一件差事》，約略可窺見緣由。

詹宏志當時初出茅廬，還沒有成為後來的作家和電影人，也沒有給羅大佑等歌手做策劃主管，他擔任製片人的《牯嶺街少年殺人事件》，還要再等十三年才能面世。彼時，他入職《聯合報》副刊任助理編輯，他說：「不久以前，這個副刊本來就有古龍的武俠小說連載，但大作家常常脫稿斷稿……我的主編上司忍痛腰斬了小說連載，當然也就得罪了大作家。」

古龍後期唯一被「腰斬」的小說就是在《中國時報》連載的《天涯・明

月．刀》，很多人認為詹宏志所指即是此書。然而，根據詹宏志的自述，他當年所供職的是《聯合報》副刊，他是被上編、著名詩人瘂弦派去向古龍約稿的，時間是一九七八年。按時間推算，所謂「腰斬」即是一九七七年十一月匆匆結束的《大地飛鷹》。

一九七七年下半年，古龍陷入了「影星趙姿菁事件」。八月十九日下午，古龍偕同在台視連續劇《絕代雙驕》中飾演鐵萍姑的趙姿菁，到北投、石門水庫、台中等地遊玩，投宿新秀閣、芝麻、鴻賓等飯店。

八月廿二日上午，在台北市世紀大飯店被趙姿菁的父母找到。趙姿菁家人向古龍索賠，稱如果過分的話，賠五百萬新台幣，如果沒有過分，就賠一百萬新台幣。狼狽的古龍忙給牛哥打電話求救，牛哥報警才解了圍。趙姿菁時年十九歲，其父母以古龍「誘拐」未滿二十歲的趙姿菁「脫離家庭」為由，向台北地檢處提起訴訟。

這件事很符合古龍一貫「胡鬧」的行為。根據《聯合報》刊文〈古龍被控誘拐案，罪證不足不起訴〉，檢察官最後指出：「被告人古龍，原名熊耀華。事先未徵得告訴人（女孩之母）同意，擅攜未成年女孩出遊，四處嬉戲，飲宴作樂，夜不歸宿，其行為訴諸道德固屬『可鄙』，探究法條無處罰明文，自難追予刑責……」

官司雖算得上有驚無險，然而古龍這種行為，已成輿論焦點，當時報紙評論有《道德制裁》一文：「古龍案的不起訴書中說『訴諸道德固屬可鄙』八個字，有道德制裁的意義。道德制裁與刑罰無涉，但十目所視，十手所指，往往甚於刑罰，嚴於斧鉞……私行不檢者應知所戒懼。」

台灣當時社會風氣極為傳統，古龍從「文藝版」轉移到「娛樂版」，《聯合報》一面報導古龍的案件，另一面還在刊登古龍小說，估計報紙高層也頗感惱火，故而催其結束。古龍也大概無心思繼續撰寫，是以潦草寫了結局。

詹宏志所謂「脫稿斷稿」之說，恐亦是雙方為了面子的託辭。

到了一九七八年，輿論平息，報紙又不能沒有古龍小說，所以把這個任務交給了這個剛入職的新人。

詹宏志非常忐忑地接過了任務，他抄下古龍的電話，鼓足勇氣，才撥通了電話號碼，結果被古龍約去餐廳吃飯。等他到達餐廳的時候，已經晚了半個小時，古龍讓他坐下，直接掏出了一瓶黑方威士忌，讓他喝完這瓶酒再說話。結果詹宏志喝了一杯又一杯，直到一瓶酒見了底，也沒有說出請古龍寫稿的事兒，自己反而喝得趴在桌子上起不來。迷糊中，古龍把他攙起來，坐上了自己的車。

在車上，古龍笑了起來，說：「你知道嗎？我不喜歡寫稿，寫稿太不好玩了。」

這句話真的很「古龍」，但詹宏志搖搖頭。他後來回憶：「我太年輕了，聽不懂這句話。」

下車時詹宏志步履不穩，古龍扶他下車，自己回到車上搖下車窗，說：「嘿，小朋友，你夠意思，我給你寫稿。」

詹宏志這一頓大醉，約到的小說是《離別鉤》，這部小說從一九七八年六月十六日連載於《聯合報》副刊。

古龍絕大部分的作品，都是邊寫邊刊，但《離別鉤》是個例外，這可能是古龍唯一一部「還未開始連載，全書就已經寫成了」的作品，是以該書篇幅雖短，但結構完整，渾然天成。

這一年，陳曉林決定離開台灣，赴美國哈佛大學讀碩士，因此告別了古龍。他沒有想到，這時候的古龍，步履踉蹌地奔入了影視界。古龍的武俠小說，也在這個時期，如同璀璨的煙花，綻放出最亮眼的光華。

三

一九六六年，台灣當局推出了「中華文化復興運動」，所謂「文化復興」，在當時基本流於口號。不過，當時台灣的教育的確傳統而保守。一九七七年是個關鍵的時間點。一九七七年至一九七八年的鄉十文學論戰，是台灣文藝史上劃時代的大事，鄉十思潮與左翼思潮再起，從批判西化現代詩到宣導鄉土文學，擁抱斯土斯民成為文藝界的新焦點。一九七八年元月，國民黨集合黨政軍特召開「國軍文藝大會」，對鄉土文學大肆鞭撻，因國民黨民族主義派理論大佬胡秋原、徐復觀、鄭學稼勸阻，才沒有引起大規模的封禁。

在這種背景下，古龍出現的「桃色事件」，立即引起了台灣地區文化主管部門以及國民黨當局文宣部門的注意，對古龍大加撻伐，社會輿論幾乎一邊倒。敏感的古龍頗覺受傷，從一九七八年到一九八二年，他的武俠小說新作減少，並且都不是此前的「大部頭」。

偏在這個時間段，古龍的影視劇大為賣座，古龍陷入「影視圈」，漸漸疏離了文壇。

古龍成為「影視圈」炙手可熱的「紅人」，始於一九七六年香港邵氏電影公司的《流星・蝴蝶・劍》。當時香港武俠電影陷入低迷，一方面，像《獨臂刀》裡一身正氣、方正仁厚的大俠愈來愈不符合年輕人的胃口；另一方面，張徹宣導的暴力武俠陷入套路，缺乏新意，也失去了往日魅力。

一九七六年，長期擔任邵氏電影公司編劇的倪匡將古龍的《流星・蝴蝶・劍》推薦給導演張徹，但是張徹看不上眼，倪匡多說幾次還被對方搶白。倪匡談起往事，說：「張徹猛搖頭，說不懂電影不要亂講。我說，我不懂電影，你又找我寫劇本？」倪匡又推薦給了當時手頭無戲可拍的導演楚原，兩人一拍即合，結果一九七六年三月二十日《流星・蝴蝶・劍》上映，獲得了意外成功，這部由楚原導演，倪匡編劇，古龍原著，唐佳、袁祥仁任武術指導，宗華、岳華、井莉主演的武俠電影，不僅受到影迷青睞，更在亞洲影展獲了兩項大獎。

本文寫作之際，二〇二二年二月廿一日，楚原逝世，享年八十七歲。很難說是楚原成就了古龍，也很難說古龍成就了楚原，畢竟小說和電影是兩種不同的藝術表現形式，但古龍小說的精神內核與楚原浪漫文藝的性格是極其契合的。古龍小說改編的影視作品雖蔚為大觀，但以我來看，榜首終究要推這部《流星‧蝴蝶‧劍》。台灣武俠研究學者林保淳教授亦曾言，他在大學講堂上教授武俠，《流星‧蝴蝶‧劍》是要讓學生觀賞的「範本」。

邵氏電影公司製片方逸華立刻嗅到了古龍小說的商業價值，把《天涯‧明月‧刀》、《楚留香》、《白玉老虎》、《英雄無淚》等二十四部小說拍成電影，其中有十八部是楚原導演。

據說，拍攝《流星‧蝴蝶‧劍》時，楚原在倪匡劇本的基礎上，做了很大改動，既忠於原著，又重新梳理了劇情。倪匡寫劇本，稿酬到手，至於劇本怎麼改、怎麼拍，從來不在意，楚原也樂得如此。倪匡後來又寫了《楚留香》的劇本，其餘古龍武俠電影的編劇，皆為楚原親自擔任，署名秦雨。

楚原的古龍武俠電影，當年幾乎部部票房狂收，從此港台刮起了長達十年的古龍旋風，也將古龍的名聲推到了巔峰。二〇二二年，春寒料峭，香江疫影正殷，楚原身歸道山，也帶走了昔日一段江湖遺韻。

《流星・蝴蝶・劍》並非古龍第一部被改編的影視劇，卻是第一部「爆紅」的電影。一九七七年到一九八五年，古龍武俠影視劇的拍攝進入高潮，尤其是在初期，幾乎每個月都會有古龍武俠電影上映，但是因為大部分古龍小說的拍攝版權都由古龍賣給了邵氏電影公司，以及自己的寶龍電影事業公司，還有好友楊鈞鈞等人，所以有不少人就打著古龍的旗號，紮堆拍攝來分一杯羹，他們以各種名義，比如編劇、原著、策劃、導演等，來和古龍掛上關係，其實這些電影都沒有原著小說。從現存的資料粗略統計，這個時間段，與古龍有關的影視劇有一百三十餘部，沒有掌握到的資料應該還有不少。古龍的好友薛興國就曾回憶說，當時可能有三百餘部相關的影視劇。

一時之間，古龍的聲名如日中天，風頭遠遠蓋過了當時改編影視劇較少的金庸，成為那個時代武俠的代名詞。

影視劇無疑比寫作收入要豐厚得多，面對擺在面前的一疊疊鈔票，古龍有點像孩子一樣不知所措，當一部電影的收入從數百萬漸攀升至千萬新台幣時，古龍無疑有些眩暈了。要知道，二十世紀七十年代，台灣經濟開始騰飛，可人均GDP也不過七八萬新台幣而已。古龍換了一輛加長兩節半的沃爾沃，當時這種車在台灣一共才兩輛；古龍喜歡喝酒，聲稱非XO不喝，洋酒屬走私品，一瓶則要三千元新台幣，古龍往往一次要開七八瓶。當時的古龍揮金如土，醇酒美人，距離他的武俠理想愈來愈遠。

一九八〇年底，陳曉林在美國讀完碩士回到台灣。也在此時，古龍遭受了平生最大的一場劫難，直接影響了他的生命和創作。

一九八〇年，古龍的小說可謂「烈火烹油，鮮花著錦」，被出版商爭相搶奪，暢銷風行，古龍一躍而成為文友之中的富豪，影視圈的老闆和明星，視古龍為「下金蛋的母雞」，紛紛聚集在他的身邊。

古龍喜好交友，他的朋友不僅僅是寫武俠小說的作家，「正統」的文人也與之過從甚密。

一九七六年三月十一日，古龍寫了一篇《盛宴之餘》，發表在一九七六年四月香港《大成》第二十九期上。這篇文字短小精悍，凝練瀟灑，寫他參加台北《華報》老闆朱庭筠的一場盛宴。在這場聚會上，朱庭筠宴請香港

《大成》雜誌的沈葦窗，同席有詩人周棄子、名畫家高逸鴻、新聞界的李浮生、畫家薛慧山、作家貓庵、書畫名家陳定山等人。古龍在文中還寫到了名演員葛香亭、張佛千，從中可以窺見古龍在正統文學界上豐沛的人脈關係。

到了一九八〇年，古龍成為電影票房的保證後，身邊的文友漸少，影視圈的朋友則日多。彼時台灣的影視行當並不規範，與黑道多有牽扯，在這一年，發生了「吟松閣事件」。

一九七八年，古龍見獵心喜，成立了自己的寶龍電影事業公司，「寶」取自妻子的名字梅寶珠。這家電影公司在一九七九年和一九八〇年，與導演張鵬翼合作，拍攝了《多情雙寶環》、《劍氣蕭蕭孔雀翎》，而寶龍影業真正獨立創作，則是一九八〇年四月上映的《楚留香傳奇》，改編自《楚留香新傳之借屍還魂》，古龍選了劉德凱當主角。

一九八〇年十月，古龍又打算拍攝陸小鳳故事《劍神一笑》。拍攝期間，為了與合作方討論新片《再世英雄》的劇情，停工一天，上午在公司談完公事後，古龍提議大家去北投「吟松閣」，邊喝酒邊研究新片的劇情。

「吟松閣」是北投的一家溫泉旅館，丁情因家中有事沒去，古龍便和導演林鷹等人前往北投。丁情半夜時接到林鷹打來的電話，得知古龍出事，人在台北榮民總醫院急救。丁情趕到時，古龍已脫離危險，在恢復室休息。

根據丁情的詢問，原來是影星柯俊雄等人也在「吟松閣」喝酒，雙方喝多了，柯俊雄的跟班「小葉」想強邀古龍到他們那邊去喝酒，古龍沒去，跟班小葉很生氣，掏出「扁鑽」想要威脅古龍，給古龍難堪。結果古龍伸出右手去擋，劃傷了右手主動脈，當場血流如注，昏倒在地。事情鬧得這麼大，也是跟班小葉始料未及的。

「吟松閣事件」的真相眾說紛紜，丁情第一時間趕到醫院，詢問原委，應是較為接近事實。很多文章裡，說傷古龍的是匕首，其實不確切。「扁鑽」是台灣早期黑道鬥毆用的刀具，至今仍是管制刀具。「扁鑽」前端像箭頭，後面是細長鐵杆，尾部是環形，使用時將大拇指套入圈中防止脫落，總長二十釐米左右，攜帶方便。電影《艋舺》有一張海報，封面橫放的就是一枚「扁鑽」。

古龍在醫院急救時，有某報的記者在看診，不顧古龍妻子梅寶珠的阻攔，強行拍照，第二天在報紙上刊登，結果鬧得滿城風雨。

隔天柯俊雄到古龍家登門道歉，但吃了閉門羹，他隨即聯絡幾個和古龍走得較近的朋友出來說情，也都被古龍拒絕。

古龍當時還在氣頭上，誰來說情都聽不進去，又過了幾天，古龍的乾爹葛香亭和牛哥夫婦也出面勸和，古龍終於與柯俊雄會面，接受道歉，才使這件事平息下來。

這次流血事件，嚴重傷到了古龍的右手，後來他的小說《飛刀・又見飛刀》、《劍神一笑》、《風鈴中的刀聲》、《午夜蘭花》等，皆由古龍口述創作完成，期間還雜有丁情代筆的文字。也是在這年年底，妻子梅寶珠因古龍緋聞不斷，決定離婚，帶著小孩離開。

陳曉林和我聊到這件往事時，頗為感慨：「我們都是寫文章的，口述記錄和親筆寫作，寫出來的感覺終究是不一樣。離婚對古龍又是一個打擊，我感覺他幾乎垮了。後來因報社工作忙碌，我疏於登門，也是希望古龍能很快恢復身體，走出陰影，儘快回到創作中。畢竟有些事只能靠自己，別人是幫不了的。」

當時的古龍，無酒竟已不能成眠，喝完酒要吃鎮靜劑才能入睡，醒來時渾渾噩噩，再吃興奮劑才能清醒。平日以酒代飯，每天吃得最多的是酒、鎮靜劑和興奮劑。

古龍說：「每天好不容易回到家裡，總是轉身又出去。每天做的只有一件事：喝酒！」他心中的傷，遠比「吟松閣」受的刀傷要重得多。

我們今天經常會提到「原生家庭」一詞，家庭環境對一個人成長的重要性被反覆提及，古龍的心境、行為，乃至處事，與他少年時的家庭環境分拆不開。

古龍是江西人，他接受記者採訪時曾自述，說他十四歲隻身從香港來到台灣，有時卻又說父母都在台灣，但在一九七六年與梅寶珠結婚時，主婚人則是武俠小說家諸葛青雲。古龍對自己的身世諱莫如深，這是他的難言之隱。

古龍剛成名時，曾對人吹噓，他父親是國民黨名將熊式輝。很多人見古龍一擲千金的公子哥行為，覺得他定有依仗，遂深信不疑。

熊式輝是江西省安義縣萬家埠鎮鴨嘴壟村人，早年就學於日本陸軍大學，曾任淞滬警備司令、江西省政府主席、國民黨中央設計局局長，抗戰勝利以後，任東北行轅主任，因與杜聿明不和去職。新中國成立前夕，熊式輝率全家去往香港，後通過張群的關係到了台灣，卻沒有受到蔣介石的青睞。古龍祖籍也是江西，套上名門之後，以取寵於人。

據說，古龍在拜葛香亭為乾爹時，葛香亭曾問古龍：「父親是誰？」古龍說：「家父乃熊式輝。」

一九七四年，熊式輝病逝於台中，葛香亭見到古龍無哀傷之情、弔孝之服，甚為納悶，欲問古龍，古龍卻溜走了。葛香亭頓時明瞭，氣憤非常。古龍向朋友們辯稱是因為自己沒有身分證，想借熊式輝之名自保。然而，不論古龍用意為何，冒名事件難逃其虛榮之心。冒認父親，其中也有視己為孤兒的心態。古龍剛出道時寫得最認真的一部小說名為《孤星傳》，「孤星」二字，頗有自況之意。

古龍的父親究竟是誰？古龍從不願提及，也不願別人問及。直到一九八五年四月九日，台灣的《民生報》、《中國時報》、《聯合報》等報紙廣告欄中，出現了這樣一則廣告：

> 古龍親父熊飛（鵬聲）覓獨子熊耀華
> 到仁愛路四段仁愛醫院訣別，
> 千祈仁人君子緊催古龍立救父命料理大事以盡孝道。

這則廣告，頓成台灣各家報紙上的社會新聞熱點。

古龍之前幾度因肝病昏迷，已經戒酒，同時重整旗鼓，開始了「大武俠時代」的寫作，而報上這一則消息，頓時又將他推入往事的漩渦中。家中電話頻響，問詢者除了記者，還有很多朋友，誰也沒想到古龍竟和父親三十多年未曾見面。這究竟為何？

其實，早在熊飛登報尋子之前，古龍的妹妹熊小雲即曾透過倪匡進行勸說，試圖調解古龍與熊飛的父子關係，但古龍堅持不肯與父親和解。據稱當時倪匡給古龍打電話，說要拜託他一件事，但聰敏如古龍，竟然猜到，說拜託古龍什麼事都可以，但熊耀華就算了，可見古龍對其父親積怨頗深。

古龍生父名熊飛，母親是郭新綺。古龍為家中長子。據說，熊飛從北平中國大學土木系畢業，曾以筆名「東方客」寫武俠小說。古龍的童年時期大部分時間都在香港度過，一九五〇年左右，隨父母家人遷台。

香港中文大學教授、翻譯家金聖華，少年時在台灣讀書，住在台北和平東路北師附小附近一條彎曲的長巷裡，兩個相連的大院子中，住了很多家人。

有一天，側院搬來新鄰居，姓熊。熊家的長子，臉圓圓，頭大大，不愛讀書，沉默寡言，數學不好，還聽說只熱衷於寫小說，而且還想寫武俠小說。金聖華回憶：「熊爸爸與熊媽媽時常吵嘴，有時候還拿兒子出氣。院子裡的鄰居心目中認為功課差的就是壞孩子。沒有誰喜歡跟熊家的兒子玩。這熊家的兒子，長大了就是古龍。」

熊飛不久拋棄家人，不知去向，家中經濟重擔由古龍母親扛起，陸續供古龍讀完了台灣省立師範學院附屬中學（現台灣師大附中）的初中和台灣省立成功高中（現台北市立成功高中）。台灣古龍武俠小說研究者許德成對我說，他曾查閱過檔案資料，古龍事實上高中並沒有畢業，乃是肄業。一九五四年，熊飛曾協助高玉樹當選為台北市第一屆民選市長，並擔任高玉樹的市長機要秘書，但春風得意的熊飛並未因此回到家中，仍與家人疏離，可能在這個時期，家中經濟中斷，古龍終與父親決裂，憤而遠離，從此過著半工半讀、四處流浪的生活。

在朋友的幫助下，古龍在台灣師範大學找到一份臨時工作，他白天替人謄刻蠟紙、編輯刊物，以維持生活，夜晚到淡江英語專科學校的夜間英文科學習。

古龍的同學江家鶯、鍾崇基、于小虹、趙鳳華說，淡江大學出了兩個大作家，一個是陳映真，另一個就是古龍。他們這屆學生在一九五七年九月入學，校名還是淡江英語專科學校，第一年升為「淡江文理學院」，要到一九八〇年才升格為大學。

古龍讀的是秋一A班的英文科，當時同一屆的國文科、英文科、商科是大班制，共同上課，他們都與古龍有接觸和往來。但到了二年級，古龍就不來學校讀書了，他的大學仍是肄業。在同學眼中，古龍的腦袋特別大，因此同學送了個「大頭」的綽號給他。古龍很少跟同學聊到家庭，只有少數幾人知道他父親尚在人世。

家庭的傷害對古龍的影響極大，在他的筆下，寫得最多的是兄弟情，也有愛情，卻極少寫到父子情。古龍無疑是寫情的高手，他能深刻寫出人間的種種恩怨，卻始終不敢面對心底的傷痛，更不願人們在他的字句間發現自己的秘密。古龍之前，武俠小說基本上描寫的都是主人公成長的傳奇經歷、滅門血案、孤雛復仇，但是古龍作品的拐點，出現在一九六四年的《武林外史》，從此，古龍小說中的主人公不再刻苦練功、闖關升級，甫一出現已是絕世高手，也不再是背負「天選命運」的大俠，而是流落江湖的浪子。

仔細想來，這些創作經歷，竟然無一不銘刻著古龍內心的痛楚。

四

古龍在一九五八年為何中斷了學業，沒人知道。這一年，英文底子不錯的古龍在台北美軍顧問團謀了一份圖書管理員的工作，廣泛閱讀了大量英美文學作品。那段日子，風塵困頓，他聽別人開玩笑說：「別怕挨餓，大不了去寫武俠小說。」這句話點醒了古龍。

一九四九年，台灣民生疲敝，人心苦悶，在沒有影視和網路的時代，充滿幻想的武俠小說成為彼時最經濟的讀物，廣受大眾歡迎。

一九五〇年代，台灣各地租書店的租金，包月需新台幣三十元，而且不限部數、集數，如果只租一集，要新台幣一至三角錢。今天很多讀者不知道的是，武俠小說當時只租不賣，每集為三十六開本，尺寸較小，大概三至四回內容，約兩萬餘字，作者邊寫邊出。武俠小說能夠正式成為標準開本的正規書籍，還要等到一九七六年。

這些「下里巴人」的休閒讀物，問世伊始，就並不為正統文學界重視。然而，閱讀市場會催生從業者。以出租武俠小說為業務的租書店若雨後春筍般湧現，出版商也積極印刷出版，很多出版社，如真善美、春秋、大美、四維、海光、明祥、清華、南琪、玉書、光大、黎明、第一等出版社，甚至轉型為專業的武俠小說出版社。

至於報紙副刊大規模連載武俠小說則較晚，就台灣的圖書館收藏的報刊顯示，台灣《自立晚報》最早刊載的武俠小說是一九五〇年五月廿五日夏風撰寫的《人頭祭大俠》，連載五十四天；同年八至十一月，忍庵發表《燕子飛報恩》、《綠林紅粉》、《女俠白龍姑》三種武俠短篇，皆一日刊完，幾乎可忽略不計。

據《台灣武俠小說發展史》記載，首開長篇武俠小說連載欄目的是一九五一年的《大華晚報》，後繼者有一九五四年的《自立晚報》，一九五六年的《徵信新聞》（《中國時報》的前身），一九五七年的《民族晚報》，到一九五八年，《中央日報》、《聯合報》也加入連載行列。

談論台灣武俠小說創作，絕不能繞過一個人，那就是郎紅浣。

一九五一年三月廿四日，《大華晚報》副刊開始連載郎紅浣的武俠小說《古瑟哀弦》。此前台灣各報刊登的都是雜文、小品文，沒有開設武俠長篇連載欄目的先例。《大華晚報》社長耿修業破例給了《古瑟哀弦》連載機會。

耿修業，一九一五年生人，筆名茹茵，江蘇寶應人，台灣著名報人，曾任《中央日報》主編。《大華晚報》近似《中央日報》的晚報，其編採人員多由《中央日報》借調，一如香港《大公報》與《新晚報》的關係。

台灣的散文家王鼎鈞晚年寫了「回憶錄四部曲」，其中第四冊《文學江湖》，寫其二十四歲到台灣後的經歷，其中特別提到了耿修業。

王鼎鈞初到台灣，身無長物，只得「煮字療饑」，打聽到《中央日報》副刊的主編叫耿修業，於是寫稿投去，獲得發表，從此走上寫作道路。王鼎鈞特別在耿修業名字後面寫了「萬歲」二字。

後來，王鼎鈞遇到耿修業，問他怎樣選稿，耿修業說處理來稿有兩大原則，快登和快退。他每天大約收到一百篇文章，由三個人審閱，當天晚上選出優先採用的文章立刻發排，第三天就可以見報，再選出幾篇長長短短的文章列為備用，以適應版面的需要。第二天又會收到大約一百篇文章，頭天剩下的文章已無機會，助理馬上退回，作者早收退稿，也可以早作安排。

台北各報副刊的稿費是每千字新台幣十元，拿當時的物價比量，這個標準頗高。王鼎鈞吃一個山東大饅頭，喝一碗稀飯，配一小碟鹹水煮花生米，只要新台幣一元五角，憑一千字可以混三天。那時候台北各報副刊的文章篇幅不長，文章大半來自翻譯的「羅曼史」和中國歷史掌故，有人表示不滿，稱翻譯為「抄外國書」，稱歷史掌故為「抄中國書」。

原創的小說彼時頗為難得，在這種情況下，《大華晚報》能刊載郎紅浣的武俠小說，自有其原因。

試看《古瑟哀弦》開篇：

龍璧人在真定縣逗留十日。

白天，他在街上行醫，晚上，他喜歡上小酒館去喝幾壺酒。

他是個走方郎中，醫道十分高明，別鄉離井背著藥箱，手握串鈴闖江湖，實行他以醫濟世的宏願。

他稽留十日，並不是因為真定是一處繁榮的大埠頭，有錢可賺而留戀不去，而是因為這處地方，是他已去世的父親龍季如舊遊之地，使他有點戀戀不忍遽去。

風雪漫天，泥濘載道，黃昏時分，他已經回到客棧，獨自在房裡悶坐了一會兒，覺得萬分無聊。

他便換了一件青布棉袍，加上一條腰帶，跑到院子裡，抬頭看滿天飛瑞，真不知道這場雪到底要下到什麼時候。

郎紅浣文筆清麗，詞情俊邁，結構綿密，以人物帶入環境，寥寥幾筆，描摹如畫，其開場筆法之新，委實要在三年後香港梁羽生掀開新派武俠小說創作序幕的《龍虎鬥京華》之上。

郎紅浣的生平在今日網路上的資料舛錯甚多，事實上《台灣武俠小說發展史》寫作時，囿於第一手資料缺乏，也頗多臆測。

二〇一四年，台灣明日工作室製作了紀錄片《向武俠大師致敬——武俠六〇》，其導演華志中專訪郎紅浣子女郎志堅、郎知平，郎紅浣的過往經歷才約略為人所知。只是這部紀錄片因版權等多種原因，迄今並未播出，我因長期研究武俠小說，頗為有幸看過郎紅浣這一集。事實上，葉洪生先生因這部紀錄片，又重新寫作了《略論郎紅浣談俠說劍三十年》一文，並修訂了《台灣武俠小說發展史》新編本的相關內容。

郎紅浣本名郎鐵丹，一八九七年生，祖籍長白山，出身滿洲八旗中的鈕祜祿氏，世代均為武官。郎紅浣三歲喪母，九歲喪父，因隨父到南方做官，在福州長大，住在官祿坊。郎紅浣的名字出自「鐵券丹書」，而網路上所說的郎鐵青，是他的弟弟。

子女回憶，郎紅浣幼讀私塾，文史基礎頗佳，且精通音律，善於度曲吹簫。年輕時習武，曾有以一敵八、力抗眾賊的「英雄行徑」。現實生活中，子女親眼見他用手中的洞簫打下了樹上的貓頭鷹。約一九三三年，郎紅浣開始向報刊投稿，寫些散文、雜文及言情小說貼補家用。

為其出書的國華出版社介紹說：「郎先生少遭家難，流浪天涯，足跡遍中國；閱人既多，所學亦博，於拳擊、劍術尤精。」

《大華晚報》為何要登載武俠小說呢？一九五〇年以前，大陸報紙晚報的副刊刊載，最重要的即是武俠小說，而渡海來台的讀者，閱讀口味不會有何變化。但是《大華晚報》找不到合適作家，市面上翻印的舊武俠小說，總編輯薛心鎔又看不上。一日，薛心鎔恰巧看到了《風雲新聞週刊》，發現裡面有郎紅浣寫的小說《北雁南飛》，頓時眼前一亮，按他的說法，「真是大為驚奇」。

《風雲新聞週刊》沒有出幾期就停刊了，這個雜誌是當時筆記小說大家高拜石所辦，於是薛心鎔就寫信打聽這個作者，尋到了郎紅浣，向其約稿。郎紅浣的年紀比民國舊派武俠作家中的還珠樓主、白羽、王度廬等人都大，所以他的小說也屬王度廬俠情一派，但是其文字比王度廬更為旖旎清蔚，又因郎紅浣本身精於武功，筆下武打場面乾淨俐落，絕不多著筆墨。這樣既通世情，又曉風俗，頗具人情味道的小說作者，殊為少見。

在薛心鎔的邀約下，郎紅浣入駐《大華晚報》，長期撰寫武俠小說，於一九五一年三月起動筆撰寫《古瑟哀弦》、《碧海青天》二部曲，從一九五二年五月開始，至一九五五年十二月又陸續撰寫《瀛海恩仇錄》、《莫愁兒女》、《珠簾銀燭》、《劍膽詩魂》四部曲。目前網路上將《古瑟哀弦》等六部書稱為六部曲，實為大謬，因《古瑟哀弦》背景乃清代咸豐年間，而《瀛海恩仇錄》等四書跨越清初康熙、雍正、乾隆三朝，前後呼應，格局壯闊，乃兩個系列。

嗣後，郎紅浣又撰《瀛海恩仇錄》前傳《玉翎雕》，以及《青溪紅杏》（一九五八年四月）、《黑胭脂》（一九五九年三月）、《四騎士》（原名《赫圖阿拉英雄傳》一九六〇年二月）、《酒海花家》（一九六一年五月）等書。每部小說相隔皆不超過一周，足見《大華晚報》的重視程度。

郎紅浣家徒四壁，手頭沒有任何一本參考書，所有小說的人物、故事情節、山川風物皆在腦海中。可見其腹笥充盈，文思敏捷。

《古瑟哀弦》第二回有一段室內陳設描寫：

廳上隨便陳列著十多樣古玩，壁間掛了幾幅仇十洲的仕女圖；地下是一色花梨木桌椅。

左邊房子裡，一排放著四張書架，有幾百部圖書緗縹飄拂；

對面是一合博古櫥，裡面是三五盒好圖章，一兩塊漢瓦秦磚，爐鼎尊彝，瓶盤杯斝。窗前橫著一張書案，筆床墨水匣，雅切宜人。

右邊屋子背窗放了一張楊妃榻，左右夾著兩盆梅；粉紅窗幃，湖綠絨條。

窗下金籠鸚鵡，羽光若雪。當地一張紫榆的長形桌子，上面排著一個美女聳肩花瓶、一副古瓷茶具、一個盤螭古鼎；兩邊疏落地散放著兩行几凳，當中安下一張獨睡床，蔥白色的帳子，蘋果綠的錦衾，底下是灰鼠的褥子，迭著一對雪白的繡枕，床邊側立一架玻璃鏡子的花櫥。雪白粉牆，並不濫懸字畫，僅僅是張起兩幅刺繡；一邊是添壽海鶴，一邊是滾塵駿馬，真是不華不樸，不脫不粘，好一個幽雅臥室。

郎紅浣行文典雅自不待說，這段文字讀來，竟然如同閱讀文物專家朱家溍先生的《明清室內陳設》一般，宛若目見，歷歷如畫。

郎紅浣開台灣武俠風氣之先，吸引了大量讀者，也帶動了其他作家投身武俠小說創作，從此點上來講，其開創之功，不可磨滅。

考諸郎紅浣之為人，又讓人不勝唏噓感歎，郎紅浣和後來的古龍，一老一小，一前一後，足可以前後映照。

郎紅浣婚前滿世界亂跑，婚後又不顧及妻兒老小，沉浸在自己構築的天地中。郎紅浣性好交遊，素重義氣，常請朋友喝酒，甚至將子女的學雜費和衣物拿來轉送朋友救急，也常借支稿費，寅吃卯糧，不理家人死活。所以年邁的郎志堅、郎知平兄妹至今回憶起來，仍說父親是個不可救藥的「天涯浪子」：「生活中只重視朋友而沒有家人。說到底，他是不應該成家的。母親跟著他，擔驚受怕，沒過上一天好日子。真是太委屈了！」

一九五七年三月二十日，郎紅浣的《玉翎雕》連載至第七回未完，患了一場大病。薛心鎔擔心報紙斷稿，有意尋覓新人以接續武俠連載。這時來了位年輕人，自承是台南《成功晚報》副刊編輯童昌哲，筆名「伴霞樓主」，他帶著自己和友人的小說來做應徵。薛心鎔當即看中了伴霞樓主友人的稿件，準備採用。偏巧這時郎紅浣病痊，繼續撰寫，薛心鎔為人厚道，不忍讓老作家為難，只好作罷。《玉翎雕》之後，郎紅浣緊接著又寫《青溪紅杏》。薛心鎔下定決心打破《大華晚報》武俠連載的「一枝獨秀」，於一九五八年八月十六日，將他心目中「武俠新秀」的小說推薦上刊，與《青溪紅杏》「雙姝並列」。

這部小說名為《飛燕驚龍》，作者是臥龍生。

臥龍生本名牛鶴亭，用了筆名後，朋友都喚他「臥龍」，原本的稱呼「牛哥」，則專屬於朋友李費蒙了。

臥龍生生於一九三〇年，河南南陽鎮平人，早年家貧，讀到初中，上了河南省南陽園藝學校，其校址是河南歷史上的臥龍書院，後來他寫武俠小說所取筆名正是來自於此。

一九四六年，臥龍生為謀生而從軍，到南京參加第四軍官訓練班，個子還沒槍高。

一九四八年隨軍到台灣，做到中尉。在軍營裡，臥龍生讀了一肚皮中國傳統小說和歐美文學，一九五六年，臥龍生牽涉進一個案件，就此退伍。為謀生計，臥龍生去學騎三輪車。朋友見他如此潦倒，便勸他：「你不是喜讀書寫東西嗎？不如試試去寫武俠小說。」

一九五七年初，臥龍生得好友伴霞樓主童昌哲的幫助，先後在台南《成功晚報》、台中《民聲日報》連載《風塵俠隱》及《驚鴻一劍震江湖》二書，步入武俠文壇。

臥龍生在軍隊的月薪不過新台幣五十四元，當時教師的月薪也才新台幣九十元。臥龍生所得稿酬千字新台幣十元，一個月能有新台幣二百八十元收入，一天的收入能買八公斤大米。臥龍生一掃困窘，從此選了筆墨謀生。

《風塵俠隱》和《驚鴻一劍震江湖》二書乏善可陳，不脫說書老套，且因病未能寫完。一九五七年玉書出版社同期出版時，由老闆黃玉書以筆名「吾愛紅」續完，現在市面上這兩部書的後半部分皆非臥龍生所作。

臥龍生這次撰寫《飛燕驚龍》，不再是此前的啼聲初試，他由台灣中南部的小報《民聲日報》、《成功晚報》，成功登上全台發行的《大華晚報》，一躍而成台灣武俠文壇上的著名作家。兩年後，這部《飛燕驚龍》刊載未完，即「一魚兩吃」，易名《仙鶴神針》，以「金童」筆名，在香港《武俠世界》刊登，風光一時，名動香江。

一九六〇年，薛心鎔轉任《中央日報》副刊主編，隨之臥龍生的代表作《玉釵盟》於十月一日連載於《中央日報》，由此奠定臥龍生「台灣武俠泰斗」的地位。

《玉釵盟》造成了空前轟動，號稱是「人人看『玉釵盟』，人人談臥龍生」。

林保淳曾言，《玉釵盟》在台灣之流行，有兩個傳說，一是「公車排隊」，二是「豆漿店的故事」。傳說不同，卻是一個背景。

一九六〇年的台灣，一般家庭還沒有訂閱報紙的習慣，只有機關、學校、商家、店鋪才訂報紙。《中央日報》為增影響力，在台北市重要路段的候車站牌邊設置閱報欄，以供民眾閱讀。當時台灣民眾沒有排隊風氣，卻有人發現，在某站牌邊排起了長隊，近前觀看，才知道是排隊閱讀《玉釵盟》。

另有一家豆漿店，每逢清晨，起滿坐滿，人人道是生意興隆，卻見老闆愁眉苦臉，原來店中訂了《中央日報》，各人非要輪番看完《玉釵盟》才肯離開。豆漿店賣不了多少豆漿，卻成了公共閱報區。

這兩個傳說雖無佐證，卻可見《玉釵盟》在台灣流行的程度。

臥龍生儘管後期創作力漸衰，但卻是台灣武俠小說的奠基人，堪稱台灣「武林盟主」，除了後來的古龍，無人能望其項背。即使到了一九七六年，據學者馮幼衡的調查，臥龍生在讀者中猶有高達百分之四七點零六的支持率。

一九六〇年，成為台灣武俠小說發展歷程中一個重要的轉捩點，縱觀這一年：老作家郎紅浣鼓起餘勇撰寫《四騎士》；伴霞樓主撰《青燈白虹》三部曲和代表作《八荒英雄傳》；臥龍生的好友諸葛青雲見獵心喜，在處女作《墨劍雙英》試筆之後，寫出了《紫電青霜》和《一劍光寒十四州》；司馬翎出版《白骨令》、《劍神傳》、《斷腸鏢》；蕭逸寫出處女作《鐵雁霜翎》的同時，連開《七禽掌》、《虎目峨嵋》兩書；老作家孫玉鑫寫作《滇邊俠隱記》；慕容美以筆名「煙酒上人」撰《英雄淚》、《混元秘籙》；獨抱樓主撰《南蜀風雲》、《青白藍虹》、《璧玉弓》；最年幼的十六歲高中生上官鼎寫出處女作《蘆野俠蹤》；東方玉試筆《縱鶴擒龍》；高庸以筆名「令狐玄」連寫《毒膽殘肢》、《血影人》、《殘劍孤星》；武陵樵子撰《十年孤劍滄海盟》；墨餘生寫出《瓊海騰蛟》。

除了稍晚的柳殘陽（一九六一，《玉面修羅》）、司馬紫煙（一九六一，《環劍爭輝》）、曹若冰（一九六一，《玉扇神劍》）、蕭瑟（一九六二，《旋風曲》）、陳青雲（一九六二，《殘人傳》、《鐵笛震武林》）、雲中岳（一九六三，《劍海情濤》）、獨孤紅（一九六三，《紫鳳釵》）、秦紅（一九六三，《無雙劍》）、雪雁（一九六三，《血海騰龍》）外，台灣武俠小說的名家幾乎已經全都踏入「武林」，開啟了後來有三百餘名作者的龐大創作隊伍，可謂金鼓喧闐！

五

一九六〇年，高手下山，劍氣縱橫，古龍羞澀地拿出了他的武俠處女作《蒼穹神劍》。

古龍當然不是第一次寫小說。一九五五年十一月，古龍讀高二時寫了一篇小說《從北國到南國》，刊登在台灣《晨光》雜誌第三卷第九期。

這是一篇憂傷且抒情的短篇小說，全文約有五千字，文風文白夾雜。故事講述少男少女的成長煩惱，寫愛情和理想的幻滅，模仿的是民國作家常寫的題材。

主人公謝鏗，沒有父親，因貧困而失學，努力且艱難地前行，最終，最愛的女人也病逝了。他在人生路上不斷失去，只剩孤獨相伴。

從小說的描寫，實不難窺見少年古龍心中的苦悶，畢竟作家最初的寫作多由自身經歷出發。謝鏗這個名字，後來又出現在《遊俠錄》中，為父報仇錯殺了救命恩人，自斷雙臂以償過失，雖不是主角，卻讓人印象深刻。

《蒼穹神劍》於一九六〇年由第一出版社出版。

小說寫少年熊倜背負深仇，結識仇人之女夏芸，攜手與武林正派對抗天陰教的故事。情節老套，行文生澀，刻意遣詞造句，並且文藝腔調十足。可見寫作一道，來不得半點取巧，即使天才如古龍，亦須從零開始。

目前流傳的《蒼穹神劍》皆為刪節版，原書近四十萬字被刪減為二十萬字，有的段落甚至是大幅度改寫縮寫，有的甚至是整章刪除，後十五章基本全刪，並改了結尾。

二〇一二年，名為《十二長虹》的書影現身網路，該書於一九六一年一月由四維出版社出版，第一書社總經銷，作者署名「正陽」，書前有一則啟事：

> 古龍先生為本社撰寫之《蒼穹神劍》，至第七集因事冗未克執筆，由本社促請正陽先生續寫第八至第十四集暫告一段落。現

經本社敦促正陽先生就《蒼穹神劍》一書原有人物，精心別撰《十二長虹》一書，格調新穎，情節離奇，而寫情處，尤擅纏綿悱惻之致，今《十二長虹》出版伊始，特為讀者鄭重介紹。第一書社敬啓。

這樣看來，作為古龍武俠小說處女作的《蒼穹神劍》，古龍只寫到第七集。現在的版本承襲自漢麟出版社。一九七〇年代末，漢麟出版社出版「古龍早期作品」專輯，共收五部作品，其中有《蒼穹神劍》。

策劃者寫道：

那時候古龍的思考力和寫作技巧當然不如現在，可是看了這五部書之後，不但可以瞭解到他在年輕時那種充滿生命力和想像力的衝勁，也可以看到一個始終想求「新」求「變」的作家，在掙扎奮鬥中成長的過程。

這是中肯之言，沒有《蒼穹神劍》這些早期作品鋪墊，也不會有後來的古龍。也就是在這個版本中，漢麟出版社刪去了大量文字，模糊了《蒼穹神劍》的原貌。原刊回目頗為傳統，如第一回為「柳絲翠直，秣陵春歸雙劍；梅萼粉褪，禁苑寒透孤鴻」，新版直接改成「星月雙劍」。

漢麟出版社成立於一九七二年，發行人為李碧雲，主事者為于東樓。胡正群曾撰文說，古龍在三福公寓寫作時，屏絕交遊，「但有三個人是僅有的例外」，其中之一就是于東樓。漢麟出版社社址位於牯嶺街二十一號，樓上即為三福公寓，可見二人的友情。

《蒼穹神劍》之刪改，或許正是出自古龍本人之手。

《蒼穹神劍》原刊本極為難得，二〇一二年，許德成通過陳曉林協助，聯繫到淡江大學中文系鄭柏彥教授，才得以看到了這套書的真貌。這套書是台灣早期薄本裝訂，是第一書社在一九七七年二月的重印本，由萬盛書店經銷，共十八冊，章數為四十章，均署名古龍。重印本將原刊本的十四冊拆分成為十八冊，但內文版式未變。因是出租書，每三集裝訂成一冊，成為六冊，但原先十八集的封面封底仍在。每冊總頁數從七十至八十頁不等，內頁也穿插其他武俠小說廣告。每一集的回數大約二到三回不等，每一回頁數落差也很大，常有一回「跨集」的狀況。

對於這本小說，古龍自己也稱：「那是本破書，內容支離破碎，寫得殘缺不全，因為那時候我並沒有把這件事當作一件正事……」

古龍創作武俠小說伊始，確實不算認真，其目的不過是用來換錢糊口。

一九六一年二月，古龍另一部作品《飄香劍雨》第六集開頭出現一篇古龍寫的《新歲獻辭》：

匆匆歲暮，又始新春，倏然一年，彈指間過，所以望者，值此新歲，能為諸君，稍娛雙目。蒼穹有七，劍毒有四，孤星零落，書香只一，遊俠雖全，湘妃未三，飄香劍雨，一巴掌矣，零零落落，深致歉意，殘金得續，神君有別，稍強人意，諸書都全，才對得起，新的一年，加工加急，讀者諸君，恭賀新禧，古龍拜年。

其中「蒼穹有七」，恰可證明《蒼穹神劍》只完成七集。

「劍毒有四」指《劍毒梅香》只完成四集古龍即罷寫，大致為今日版本的第十四章，從第十五章開始，由清華書局請上官鼎續寫，其中間隔五個月，於一九六〇年底繼續出版，停筆原因，應是古龍嫌稿費低，上調稿費不允，古龍拖延交稿，因此出版社找人代寫。

後來，古龍不服氣，於一九六一年寫作《神君別傳》，該書接續《劍毒梅香》前四集故事，是為「神君有別」，合起來成為古龍完整的《劍毒梅香》。

「孤星零落」，指此時《孤星傳》只完成第一集。

「書香只一」，指《劍氣書香》只完成一集，後面的二至八集由陳非續寫。

「遊俠雖全」，應是《遊俠錄》已完成，這是一九六〇年古龍唯一完成的小說。

「湘妃未三」，指《湘妃劍》當時還沒有出版三集。

「飄香劍雨，一巴掌矣」，指《飄香劍雨》不過出版五集。

「殘金得續」，可能為古龍《殘金缺玉》在香港《南洋日報》連載時中途斷稿，後來古龍又重新接續。

仔細算來，加上裡面沒提到的《月異星邪》、《彩環曲》、《失魂引》、《劍客行》、《護花鈴》，一九六〇年至一九六三年，古龍寫作小說十四部，僅一九六〇年初登武壇，就開筆六部。

這十四部作品中，《蒼穹神劍》、《劍毒梅香》、《殘金缺玉》、《劍氣書香》、《飄香劍雨》、《劍客行》、《護花鈴》等都有不同程度代筆或潦草完結的現象。新人古龍，創作態度令人不敢恭維。這種糟糕的行為，讓古龍一度被出版社「封殺」，一九六三年，只有真善美一家出版他的小說。

但從古龍的創作歷程來看，古龍應要感謝這次「封殺」，這種狀態逼得他認真對待小說寫作，文字技巧逐漸提升，對於武俠小說也愈發有了自己的思考，才在一九六三年到一九六五年陸續寫出了《情人箭》、《大旗英雄傳》、《浣花洗劍錄》等代表作，及至一九六六年，倪匡在香港為《武俠與歷史》向他約稿，古龍拿出了《絕代雙驕》，加上此前的《武林外史》，從此，古龍武俠小說中「浪子」遊俠的形象，才終於確立。

古龍早期代筆或爛尾之作雖甚多，但是在漢麟出版社的「古龍早期作品」專輯中，大幅度刪削，乃至重寫結尾的小說，僅有《蒼穹神劍》一部。刪節過的《蒼穹神劍》，不僅刪掉了正陽續寫的後十五章，前面近二十六章的古龍親筆，也有不同程度刪改，有的段落甚至一下刪除數千字，這就不免讓人大感疑惑，古龍為何要這樣做呢？

武俠小說收藏家趙躍利考據，正陽即台灣作家高陽生，另有筆名賞花樓主，還以筆名百笑生寫雜文，以筆名萬里傳寫諜戰小說，也為不少武俠作家代過筆。據高陽生一篇文章自敘，古龍的父親熊飛與高陽生的大哥是高中的同班同學，又是一九四四年「十萬知識青年從軍」一同投入「青年軍」的同袍，是以高陽生和古龍一家算是通家之好。

熊飛春風得意的時期，大致有兩個階段：

第一階段是一九五四年到一九五七年，第二階段是一九六四年到一九六七年。這兩個時期，高玉樹都是台北市市長，熊飛與高玉樹關係至厚，身為幕僚，也算風光一時。

按高陽生的說法推測，熊飛一九六〇年不得意之時，曾短暫回歸過家庭，因為《蒼穹神劍》這個書名是熊飛所取，整個故事大綱也由熊飛構思，最重要的是章回體的回目也出自熊飛之手。

熊飛曾經寫過武俠小說，所以起手就是少年報仇的套路故事，彼時武俠小說回目多為章回小說對仗結構，古龍實則並不擅長，其諸多作品，僅有《蒼穹神劍》、《劍毒梅香》（前十四章有對仗回目，第十五章開始上官鼎改為四字標題，今傳本合併為十五章，刪掉回目）、《神君別傳》（估計古龍故意要和前十四章統一，取了對仗回目）、《劍氣書香》（僅三回）四部書是對仗的標題，不能不說古龍背後無人指點。

《蒼穹神劍》主人公姓熊，恐亦是熊氏父子聯手締造，甚至第一回熊飛也曾寫過若干段落。後來《十二長虹》封底廣告上，《蒼穹神劍》第一集的作者為「抱劍書生」，到第二集才署名古龍。當然，這些皆為推測。

古龍就這樣寫到第七集，究竟是家庭再次生變，還是古龍實在對這個故事沒了興趣，他終於擱筆，才有了前面《十二長虹》廣告頁說的「因事冗未克執筆」的說法。古龍選擇不寫，可是故事還未結束，出版社只得請高陽生出手，代筆續完。

高陽生當初看過熊飛編寫的故事綱目，是以續起來毫無壓力，順利完稿。

不管《蒼穹神劍》試筆如何，畢竟給古龍帶來了可靠的收入。

一九五八年到一九六八年，台灣一冊「薄本」武俠書不過七十二頁，加上標點，大約兩萬字，每本稿費至少五百元新台幣，那時候沒有版權、版稅，一手交稿，一手拿錢或支票，以每本八百元新台幣到兩千元新台幣占了大比例。

臥龍生、諸葛青雲一本拿四千五百元新台幣的時候，古龍和蕭逸等人「初出茅廬」，每本不超過六百元新台幣，但是大多數武俠作家都可以三天寫一本，所以月入稿費最少也有三千元新台幣，月入萬元的占了多數。

當時台灣省「主席」的月薪也只有新台幣五千元左右，有些名家還同期在港台兩地的報紙連載，等於是一稿有多處收益，真是「名利雙收」。我談武俠小說，經常會說到「利趨於前，名成於後」，我們固不應將武俠小說的文學性抹殺，但武俠小說創作伊始，作者少有高尚情懷，高稿酬是最大的驅動力。

以武俠作家陳青雲為例，他也是軍中退役後，生活無著，平常以擺書攤維持生計，一九六一年結婚後，處境更為艱難。陳青雲是雲南省雲龍縣人，少年時是典型的文學青年，寫過不少散文和詩歌。陳青雲自陳，在這種境況下，寫了本武俠小說《殘人傳》，寄給清華書局。清華書局成立於一九五〇年代末，由新台書店出租小說起家。

出版武俠小說後，封底標明出版印刷者為清華書局，但封面卻標明新台書店印行，不知情者常誤以為是兩家出版社，實為一套人馬，兩塊招牌。陳青雲當年究竟等了多久無從考證，不過書局編輯登門時，那天家裡已經無米下鍋了。

根據《台灣武俠小說發展史》介紹，陳青雲最早的作品是一九六二年的《鐵笛震武林》。現存《殘人傳》資料，封面標明新台書店，出版時間為一九六八年，坊間沒有發現《鐵笛震武林》的初版資料，另有《音容劫》、《殘肢令》二書，與《鐵笛震武林》約莫同時，陳青雲的處女作究竟是哪一部，猶待考證。

一九五九年底，胡適應邀訪問香港世界新聞學校時演講，在演講中特別提到武俠小說「下流」，引起了金庸、倪匡等武俠小說作家的反感，在香港各大小報刊撰文抗議。消息經《聯合報》刊載，台灣的作家的反應表面雖頗為冷淡，卻也有像雲中岳這樣因氣憤不過，決定撰寫歷史武俠的作家，心中不平之意，亦可想而知。

文學界大環境的影響，讓這些作家大抵以「著書多為稻粱謀」為憾，不願多提。陳青雲晚年回雲龍探親時，他的小說已在內地廣泛流傳。陳青雲的妹妹陳德瑞看過陳青雲的小說，只是不知道這個作者就是他們尋找多年的大哥。兄妹恢復聯繫後，陳青雲也從未提自己的寫作，直到一次聊天，才不經意說起，那個寫武俠的陳青雲就是自己。今天的雲龍縣因武俠小說將陳青雲列為地方文化名人，這恐怕是陳青雲當年做夢也不會想到的。

陳青雲的武俠小說，被稱為「鬼派」，是台灣武俠小說中頗具特色卻評價甚低的一派。持平而論，陳青雲初始有「鬼派」風格，但一九七〇年《石劍春秋》後，開始有意識轉變，後期作品描寫較深刻，不能一概而論。

但不可諱言，「利之所在，人皆趨之」，這是台灣一九六〇年代到一九七〇年代「武俠熱」的主要原因。古龍頻繁開稿，也是在以數量換取更多的收入，直到創作進入成熟期之後，不再為吃飯而寫稿，為武俠小說提升地位轉而成為執念。

古龍在一九七〇年代功成名就後，回看《蒼穹神劍》，他的心情如同面對失敗的「初戀」，在失望中帶著深深的懷念。武俠小說中，俠客們有家庭，有門派，當俠客成長，離家遠行，闖蕩江湖，在贏得聲名的同時，也接受「家」的庇護。但在古龍看來，卻不是這樣。如同他在一九六七年寫的《名劍風流》，主人公俞佩玉目睹父親死於歹人之手，家已破滅，接下來父親居然「死而復生」成了「武林盟主」，他的任務竟然是要揭開「假父親」的真面目！「父親」是古龍一生無法面對的人。

古龍對於《蒼穹神劍》的再版痛下殺手，大幅刪減，正是竭力剷除熊飛和正陽的痕跡。刪掉的是文字和回目，同時也是刪除往事和回憶。猜想彼時古龍的心情，也許是痛並快樂著。父親的陰影，竟這樣伴隨了他一生。

六

從感情和教育上來說，父親對於孩子，尤其是男孩子的影響，無疑是特別重要的。潛意識裡，古龍頗為渴望父親的關懷。

一九七一年二月，古龍寫作了成熟期的代表作《歡樂英雄》。在這部小說中，古龍寫了個理想的父親形象。主人公王動的父親叫王潛石，在王動的眼裡，父親特別溺愛他，他小時候調皮，天天亂跑，回來後父母卻捨不得教訓他。父母離世後，給他留下了富貴山莊，王動則讓這個家敗落到了極點。對一個好動聰明的孩子而言，溺愛他的父親只滿足了親情，卻滿足不了他的好奇心。幸運的是，王動遇到一個神秘的蒙面人，每天晚上在墳場裡教他武功。王動的童年溫馨而又刺激。直到很多年後，他才從金大帥口中知道，神秘人原來就是父親。

金大帥說，王潛石少年時叫王伏雷。年輕時的王潛石是武林中公認為天下第一的接暗器高手，後因一個很厲害的仇家，才隱居起來。

王潛石不願意告訴兒子這些，但兒子如此叛逆，又怕他學不好武功而吃虧，所以用這種方法刺激兒子學武。

金大帥講完一個父親對兒子的愛心和苦心，王動終於忍不住衝了出去。古龍在文中說，王動可能是痛哭去了。

王潛石在小說中沒有正式出場，只存在於他者的敘述中。古龍對父親的描寫，終究沒有正面落筆。

在古龍生命中，王潛石是真實存在的。

二〇〇八年十二月七日，新華社記者發了一篇新聞通訊，題目是《中國京劇魅力讓紐約觀眾陶醉》，說在紐約梨園社的精心組織下，四大名旦傳人等京劇名家齊聚紐約京劇舞台，奉獻京劇名段及京胡專場演出，紐約著名華裔報人王潛石在觀看演出後說：「很多年沒有在紐約欣賞到如此高水準的京劇表演了，這令我大開眼界，大飽耳福。」

王潛石是山東人，一九二六年生，又名王堅白，號菊農，既是著名報人，也是資深程派名票，一九四五年甫一入職，就以一篇抗戰報導留名新聞史。一九四九年，王潛石抵台，一九五三年參與創辦《聯合報》，並為第三版主編，與林海音、高陽等作家皆為好友。

在王潛石的推動下，《聯合報》開始刊載武俠小說，因此，他和臥龍生、伴霞樓主、司馬翎結拜，合稱「武林四友」。他也曾創辦了台灣第一本大型武俠雜誌《藝與文》，胡正群提到臥龍生、伴霞樓主、司馬翎三人時，特別寫道：「這譽滿台港澳的三支健筆，一度在名編輯王潛石的擘畫下，合辦了台灣第一本大型武俠雜誌《藝與文》。只可惜世事瞬變，不久，這本獨一無二的武俠雜誌，就因伴霞樓主一劍下香江而風流雲散。」

台灣刊登武俠小說的雜誌，雖也採取逐期連載再出單行本的「一魚兩吃」的方法，但經營遠不及香港，也多不持久。最早的武俠小說雜誌是一九五七年玉書出版社創辦發行的《武俠小說旬刊》，臥龍生的《風塵俠隱》、《驚鴻一劍震江湖》除了在報紙連載外，也刊登於這本雜誌，只不過很快消逝無蹤。

《藝與文》雜誌究竟堅持了多久，迄今因資料較少，很難判定其結束日期，恐出刊數量不多。可以確定的是，這本雜誌雖由台灣作家編輯，卻是在香港印刷發行。中國武俠文學學會副秘書長顧臻曾經手過幾期，其中還刊載有《鐵道遊擊隊》的故事。

《藝與文》之後，有金童任主編的《武俠與文藝》雜誌，出版者是台灣小說文庫雜誌社。金童就是臥龍生，用這個筆名，表明雜誌主要發行也是在香港和東南亞一帶，不在台灣本地，其在台灣登記為「小說文庫雜誌副刊武藝小說海外版」可證。

《武俠與文藝》簡稱《武藝》，但與台灣後來的《武藝》是兩種雜誌。《武俠與文藝》創刊於一九六四年十一月五日，風格承襲自《藝與文》。究竟兩刊並行，還是有承襲關係，不得而知。《武俠與文藝》分兩部分，一部分為武俠小說，另一部分是文藝作品。文藝作品包括武俠小說之外的各種文學類型，比如言情小說、翻譯小說以及雜文、散文等。《武俠與文藝》從武俠部分來看極少首發，多為轉載，反而是文藝部分名家甚多，瓊瑤、亦舒、鄭慧、繁露、楊天成、高陽、李藍等人都曾供稿。

《武俠與文藝》坊間難覓，趙躍利收藏有數期，手中最後一期是第六十四期，時間為一九六六年一月二十日，停刊日期不詳，但以期數而言，比起動輒幾期十幾期就停刊的雜誌，堅持之時間並不算短。

台灣生命最為長久的武俠雜誌是一九七一年五月台灣春秋出版社與香港羅斌的環球雜誌出版社合作創辦的《武藝》。

春秋出版社發行人是呂秦書，故又稱呂氏書店，該社最早只是小說出租店，卻因很早將臥龍生、諸葛青雲網羅旗下，成為一九六〇年代武俠小說出版業主流。《武藝》的創刊號上寫著「半月刊．每月逢五、二十日」出版，主編為古龍，臥龍生、諸葛青雲任編輯顧問，如此陣容，可稱強大。《武藝》雜誌在港台兩地分別發行，幾期過後，這些名家編輯解散，台版主編由呂秦書擔任，港版主編則是《武俠世界》主編鄭重。港版和台版在內容上頗有差異，《武藝》雜誌英文刊名為Saga，意為「傳奇」，卻也貼切。

《武藝》雜誌在坊間資料遠不如香港《武俠世界》、《武俠春秋》多，其創刊號上沒有時間，有「俠友」在微信群中上傳創刊號照片，武俠作家西門丁留言，說是應為一九七〇年代初。西門丁言，上面的香港電話是六位數，一九七三年香港電話才是今日位數，香港島在前面加五，九龍加三，新界加十二。

一九七四年七月《武藝》雜誌從三十二開本改為十六開本，此後，這種雜誌只有台版，再無港版，直至一九七八年左右「革新號」出現。

這一次港台合作，或是「春秋」與「環球」的經營策略。呂秦書需要的是編輯武俠雜誌的經驗，打開香港、東南亞市場，羅斌同樣想讓《武俠世界》在台灣鋪開。港版《武藝》中有大量《武俠世界》的廣告，台版則一篇也沒有。

從一九七一年創刊至一九七四年改版，是《武藝》雜誌的黃金時期。這一時期的《武藝》裡，有諸多名家長篇力作，例如古龍《桃花傳奇》即刊於創刊號，陳青雲的《無字天書》（即《百里雄風》）、宇文瑤璣的《死林》、司馬紫煙的《郭解》、《朱家》、《劇孟》、《風塵三俠》等中短篇、柳殘陽的《魔尊》（即《天禪杖》）、《果報神》（即《渡心指》）等諸多作品皆為首載。

大概自一九七五年後，《武藝》品質每況愈下，重複刊登舊稿，雜誌發行至一九七八年左右，雖單獨發行「革新號」，想再次拓展東南亞市場，可惜與同時期香港的《武俠世界》比較，不免相形見絀。迨至一九八〇年代中期古龍逝世，俠氣消散，《武藝》淡出江湖。

在這裡，我又不得不蕩開一筆，介紹一下「武林四友」中的伴霞樓主。伴霞樓主亦是台灣武俠小說界二十世紀五十至六十年代的著名作家。

一九五七年十月，伴霞樓主撰寫的處女作《劍底情仇》發表於台中《民族晚報》，後由春秋出版社出版，可謂台灣較早從事武俠小說寫作的作家，臥龍生還是在他的幫助下發表作品的。他也與臥龍生、諸葛青雲、司馬翎並稱為台灣武俠的「四霸天」，因曾任台南《成功晚報》副刊編輯，下班時近黃昏，故筆名為伴霞樓主。奇怪的是，伴霞樓主卻在一九六〇年代中期武俠小說最興盛之時，作品量銳減，後出走香港，此後在武俠小說史上難覓其蹤，《台灣武俠小說發展史》上對其也只一句「其後不知所蹤」。此外，網路上資料舛錯甚多，不妨在這裡補敘幾句。

伴霞樓主，本名童昌哲，一九二七年出生，四川省富順縣趙化區人。一九四七年，童昌哲自瀘州登船赴台，登船不久，其家人收到消息，說他所乘之船沉沒於長江。

然而，一九六五年某天，童昌哲的母親及家人在電影院看電影時，從電影院放映的新聞簡報中，看到了李宗仁歸國的報導，竟有童昌哲作為香港《今報》記者，隨行到北京採訪國務院副總理兼外長陳毅的畫面。

童昌哲的母親喜極而泣，家人也才知道童昌哲還活著，且已經從台灣移居香港。

這個時間，恰可以和胡正群所言的「一劍下香江」差不多吻合。童昌哲於一九六五年離開台灣，成為香港《今報》的記者，筆名為童彥子。

李宗仁記者招待會的時間為一九六五年九月三十日，會後留有一張合影，前排有周恩來、宋慶齡、陳毅。有趣的是，第四排居中有童昌哲和金庸。

童昌哲參加記者招待會後，寫了系列通訊《大陸採訪通訊》和《紅都歸來》，在香港《今報》連載，並被《參考消息》轉發。《大陸採訪通訊》中，童昌哲寫道：「火車在遼闊的原野奔馳了，堤邊的蕉葉黃了，晚稻卻已給田野鋪上廣大無邊翠綠的茵毯，牧童悠閒地趕著牛隻歸去……現在，專機的馬達已在發動了，五時二十分，我們即將乘它飛躍萬里。今晚，我將見到北京的燈火。」

一九八三年，伴霞樓主與內地的親人取得聯繫，常在香港、北京兩地居住。著名油畫家童昌信是他同父異母的弟弟，據童昌信回憶，這一時期，伴霞樓主一度重新提筆進行小說創作，曾在他的家中寫了一部長篇武俠小說《一代天驕》，共四冊七十八萬字，但這部手稿沒有出版，連同另一部小說的手稿，歷經數次搬家而不知所蹤，散佚殆盡。

二〇一一年伴霞樓主逝世，比起同時期的武俠小說作家，算得上高壽。閒筆道罷，再說王潛石與古龍。

一九六〇年代，臥龍生寫作武俠小說的風頭正勁，古龍常去台北公同路臥龍生的居處。每當王潛石去找臥龍生，古龍總是藉故溜走。

臥龍生對王潛石說：「他有些怕你，因為你人正直，他自覺有些邪門。」有一次古龍見到王潛石又想開溜，王潛石卻叫住了他：「你不要走，每個人只要不犯法，都有其生存條件，生活方式儘管不同，我行我素，與人何干？故人不下流，毋須自慚。」

彼時台北警方每次臨檢，都宣告戒嚴，公共場所的可疑人員以及夜遊者，常被抓入警局訊問。古龍酗酒，又流連風月，加上他為逃避兵役，一直沒有身分證，遂成為警局常客。遇到這種情況，古龍只好打電話到報館找王潛石，王潛石則親持戒嚴通行證到警局去保他。有時王潛石報館人手不夠，就拉古龍寫稿。王潛石口述，古龍落筆，行文流暢，幾乎不用修改。王潛石也曾想推薦他為報館記者，但因他沒有身分證，誰也不敢聘用。

這個時期，古龍開筆小說甚多，但其時已泯然眾人。王潛石覺得古龍有才氣，卻不脫傳統窠臼，遂誠懇告誡古龍，要在小說中寫「人」，而不是寫「神」，並說：「你讀的是外語外文，應曾窺探西洋文學的門牆，汲取他們的營養，做你自己的飼料。」

這番話對古龍頗有觸動，而王潛石在一九六〇年代，能看出古龍的文筆特色，並提出精準建議，亦算慧眼之識。

一九七六年，王潛石去美國創辦《世界日報》後，其妻在台將位於仁愛路的房屋待售，古龍曾有意購買，後知售屋者是王潛石夫人，自覺不好講價而作罷，才轉買了位於天母的住宅。

一九六三年後，古龍與女友鄭莉莉相識熱戀，同居於台北縣瑞芳鎮。古龍沒有身分證，未與鄭莉莉辦理結婚登記，但兩人確有宴請親友，就法律上而言已視同夫妻。一九六六年末，古龍有了長子鄭小龍，還是身分證的問題，長子上戶口時一直從母姓。

古龍寫武俠小說，但不會武功，長子鄭小龍卻是實打實的「武林高手」。鄭小龍十三歲學習柔道，因成績突出，被保送到台灣「中央警官學校」就讀，畢業後任職於台灣內政部門警政署航空警察局。

二〇〇七年五月，鄭小龍被內政部門警政署選為馬英九的隨員，後因處理古龍作品的授權，奔走於海峽兩岸，遂提交辭呈，離開警界，至台灣「中央員警大學」與「台灣員警專科學校」擔任柔道教官。

說來也是有趣，馬英九學生時代，也寫過武俠小說。據馬英九自承，初中二年級時，他曾經試寫了一本武俠小說《竹劍銀鉤》，但沒有寫完，後來寫作文，老師還給他的作文下了評語：「語氣老練，有江湖味。」

這個時間，正是一九六三年，比馬英九年長七歲的劉兆玄大學在讀，以筆名「上官鼎」寫作《七步干戈》。四十五年後，劉兆玄應馬英九之邀，就任台灣地區行政管理機構負責人。冥冥之中，人與人的聯繫萬縷千絲，對於一九六〇年代的台灣而言，「武俠」是最大的因緣。

鄭莉莉家庭的溫暖，讓古龍進入他生平最為安定的一段時間，而出版社的「封殺」、王潛石父執輩的關懷，也讓他將精力專注於武俠小說寫作上。

這段時間，胡正群曾到古龍瑞芳的小樓去看他，見他屋裡堆了很多《拾穗》、《今日世界》、《自由談》之類的書刊，還有他奉為經典的日本小說《宮本武藏》，可見古龍已將破解武俠小說創作困境的目光聚焦於「外力」。

古龍慨歎：「以目前的環境，要想在武林出人頭地，實在不容易，所以必須『面壁潛修』，必須突破。」

台灣當時各大報刊「群雄揮戈」，臥龍生、諸葛青雲、司馬翎等名家長期盤踞版面，武陵樵子、古如風、蕭逸等人緊逼其後，古龍彼時之壓力可想而知。

古龍蟄伏在瑞芳「潛修」，筆落如風，舉起了「求新求變」的大纛，他的一系列名作如《武林外史》、《絕代雙驕》、《鐵血傳奇》（即《楚留香傳奇》）《多情劍客無情劍》等，都是居住在端芳時期完成的。他的作品雖未在台灣的報刊霸佔版面，卻開始了小說的「香港首載」。古龍的大部分作品先刊登在香港的《武俠春秋》和《武俠世界》，然後才交由台灣的出版社出書，可以說起於台灣，爆紅香江。

古龍武俠小說實際上成名於香港，這是古龍為香港《武俠春秋》撰寫《風雲第一刀》的親筆啟示。多年來，坊間流傳《風雲第一刀》為《多情劍客無情劍》本名，現有《武俠春秋》最早發表為證，實為《邊城浪子》。

他開始嘗試由長篇大論轉為系列故事、分段式長篇，節奏更為明快，分行更為頻繁，將電影概念引入小說，使故事精煉、寓意深刻——《多情劍客無情劍》中借鑒毛姆的《人性的枷鎖》，探討人性自身的缺陷和困境；《鐵血傳奇》自伊恩・弗萊明的「第七號情報員」（即〇〇七）吸收靈感；《流星・蝴蝶・劍》借鑒馬里奧・普佐的小說《教父》；《拳頭》將「嬉皮士」文化浪潮引入小說……

甚至在最後創作階段的「大武俠時代」，其中的《海神》，古龍也致敬了理查・康奈爾寫於一九二四年的小說《最危險的獵物》。

一個嗜血成性的白俄將軍，在沙皇政權倒台後，隱居島上，因為酷愛打獵，在對獵殺動物失去興趣後，就引誘航海的人進入島嶼，並把人當作獵物。他將人比作最危險的獵物：有勇氣、智謀，且具有思維能力。一個年輕獵人遭遇海難，進入小島，於是，他們展開了一場狩獵與反狩獵的追逐。

《海神》中卜鷹遇到墨七星，被墨七星當作獵物，其人物關係和故事架構與《最危險的獵物》極為相似。白俄將軍的助手叫作伊萬，墨七星的助手叫伊莎美，二者都是先一步落入狩獵者自己佈置的陷阱中。

大陸《最危險的獵物》譯文最早見於一九八四年第十二期的《外國文學》，港台沒有找到記錄，但是即使沒有譯文，古龍也是可以直接閱讀原文的。

我曾就這個問題徵詢過陳曉林，只是陳曉林沒看過理查・康奈爾的小說，也沒聽人提過《海神》可能借鑒於此，但陳曉林也說：「古龍看書很多、很雜，看過而無意識地受影響，並非不可能。」

一九七二年，古龍「破繭成蝶」，卓然成家，他的家也從瑞芳搬到了台北麗水街附近，這時古龍卻拋棄了鄭莉莉母子，結識了葉雪。葉雪為中日混血，母親是日籍女子，所以古龍的朋友戲稱葉雪為古龍的「日本女朋友」。實則葉雪本人在台灣長大，不識日文。

一九七三年，葉雪為古龍生下其次子葉怡寬後，牛嫂看不下去，遂做主讓古龍與葉雪簽下一紙結婚證書。但古龍與葉雪的關係，在誕下次子後逐漸轉壞。

一九七四年，葉怡寬出生後第二年，古龍離開葉雪母子，結識了梅寶珠。

一九七五年，古龍與梅寶珠結婚，並完成戶籍登記。梅寶珠因此成為古龍一生中唯一確定完成公開儀式並進行戶籍登記的合法妻子，一九七七年，三子熊正達出生。然而，古龍與梅寶珠的婚姻最終還是走向了悲劇的結局。這段婚姻從一九七五年開始，自始至終就有各種女性介入，梅寶珠在歷經多次傷害後，悲痛攜子離去。

古龍酒色不禁，至此力不從心，創意雖佳，卻欠缺了寫作活力。「楚留香」、「小李飛刀」、「陸小鳳」分別結束在懸疑失控的《午夜蘭花》、近乎大綱的《飛刀・又見飛刀》，實為爛尾的《劍神一笑》，庶幾可思過半矣。古龍這種重情欲、輕別離的心態，雖多情亦無情，他似乎隨時渴望著身邊女人的陪伴與關懷，但對於伴隨感情而來的承諾與責任卻全然不願面對。三個兒子對古龍這個父親也都充滿恨意，其情形竟如古龍對其父親一樣！

七

一九八五年四月九日上午，古龍看完報紙，每個字都讓他無法招架，整個人幾乎崩潰，他將自己關到屋裡的電視房，足足半天也沒有出來，桌子上傭人陳美為他準備的午餐原封未動，直到丁情來，古龍才走出房間，說了句：「她們果然叫你來了。」已經戒酒的古龍再次端起了酒杯，當酒在瓶中消失，古龍終於開口：「你認為我該去嗎？」

丁情立刻回答：「該去。」

古龍沉默，再次舉杯，酒醉之後，他終於去醫院見了父親。但古龍終究沒法子獨自面對父親，所以他通知了記者。

翌日，一九八五年四月十日，《聯合報》第五版刊登通訊《父染沉疴　子罹痼疾　白頭黑髮　相對黯然——卅載分離　古龍無言灑酸淚　日薄崦嵫　病榻原是傷心地》，文中說：「老父昏迷病榻；古龍因為肝疾，也不再是父親印象中虎背熊腰模樣。觸景生情，『古大俠』不禁掩面痛哭！」

古龍對記者說：「上一輩的感情糾紛，造成家庭的不幸，為人子怎麼能對這件事加以評論或任何述說？」「我自己重病在身，看見父親病得也不輕，心裡實在難過！」

在丁情眼中，見過父親的古龍，心情似乎沒什麼異樣，只不過精神極為憔悴，外表看來豪情依舊，笑聲爽朗，可這種衝突的組合，讓丁情更為憂心，因為他感覺古龍強顏歡笑下的那種痛楚，濃得讓人窒息。三十載的痛苦湧上心頭，古龍無論如何也無法釋懷。古龍此前已結識了新女友于秀玲。

據陳曉林回憶，大約一九八四年，古龍宴請陳曉林、薛興國、石敏、王磊、丁情及許多文化界人士，古龍當天特意身穿大紅襯衫，並對眾人說，這算是他與于秀玲請朋友們喝喜酒，可見古龍當時有了婚姻的承諾。無論是身體還是心理，曾經算是死過一回的古龍，重新面對人生時，已決定戒酒重來，構築他的「大武俠時代」。然而父子關係這一痛苦的「刀鋒」，他終究沒有闖過。

對古龍而言，這種痛苦並非一時發生，而是從小就刻印在他的心靈上，隨著時間的滋潤，這條疤只能是越深越痛，痛到終於崩潰。

古龍曾說，一個作家，不但要敬業，而且要樂業。從敬業到樂業，是他生命境界的一個很大轉變。面對武俠小說，他是真的認為這種類型小說是會流傳下去的，所以不斷地尋求自我突破，可是自我突破又何其困難。他勉力重整旗鼓，卻仍然無法面對自己。古龍到最後，甚至已無力反抗，轉而自暴自棄。後來的研究者通過古龍最後一段時間的生活軌跡發現，古龍甚至是有點求死。

一九八五年九月十六日，丁情到古龍家，古龍從書房拿了個紙袋，還有一卷字畫交給他，說，這是我長期以來所寫的雜文，還有一些字畫，你收好。古龍想出版一本散文集，書名叫作《葫蘆與劍》。丁情非常奇怪，古龍從來沒有將稿子交給他保管的習慣，今天怎麼會給他呢？

兩天後，九月十八日，秋將至，卻未至，古龍情緒不穩，大罵于秀玲，然後叫上丁情去北投喝酒，半夜大量吐血，再次進入醫院搶救，在九月廿一日下午六點六分，為自己畫下了生命的休止符。從此，刀鋒已折，不必再握！

古龍的逝世，也為曾叱吒風雲的台灣武俠小說拉下了大幕。其實武俠小說頹勢之顯，早在一九七〇年代已開始。從一九七一年起，台灣的經濟逐漸擺脫農村經濟的困局，開始邁向現代化。電視的興起，取代了曾經的廣播電台和電影院，而咖啡廳、檯球廳的大量出現，更是替代了小說閱讀這一簡單的娛樂方式。緊接著，電視連續劇的出現，迅速俘獲了大量觀眾。從讀者到觀眾的轉化，也意味著文字的感染力逐漸消逝。

曾經以武俠出版為大宗的出版社，業務開始停滯，新書出版漸至寥寥，其中最大的真善美出版社，從一九七〇年七月暫停出版新書。

一九七四年，出版人宋今人發表《告別武俠》一文，正式宣佈真善美出版社停業。

伴隨著大環境的改變，武俠作家也是欲振乏力，作品粗製濫造、情節自我重複，陷入應付作業。為了擴大收益，隨意倩人捉刀，除司馬翎、慕容美等極少數作家外，諸葛青雲、古龍、蕭逸、上官鼎、柳殘陽等人，幾乎都有別人代筆續寫的記錄，而代筆者甚至不讀前面的情節，只是敷衍了事，草草收尾。出版社為了利益，不惜冒名頂替，偽作氾濫，剽竊抄襲，自我盜版。

于東樓的漢麟出版社結業後，將版權轉予萬盛出版社，為了促銷武俠書，萬盛出版社假借古龍「增刪、標點、評注、續寫」等名義，將民國舊派武俠作家鄭證因的代表作《鷹爪王》改為《淮上英雄傳》、《十二連環塢》、《雁蕩俠隱記》出版，又以同樣伎倆將王度廬的代表作《鶴驚崑崙》、《寶劍金釵》、《劍氣珠光》、《臥虎藏龍》、《鐵騎銀瓶》的「鶴鐵五部作」改為《鶴舞江南》、《劍氣蕭蕭》、《掛劍還珠》、《塞外飛龍》、《春水駝鈴》等書出版。

更甚者，王度廬的《風雨雙龍劍》乾脆用古龍的名字出版。此外，還有將白羽的《十二金錢鏢》改為《風雲第一鏢》，將朱貞木的《虎嘯龍吟》改為《五湖豪俠傳》，掛名臥龍生，如此等等，不可勝數。

可是武俠小說的讀者在成長，武俠小說的優劣，他們自然看在眼中。新生代的讀者，在大量娛樂專案出現的時候，無疑對武俠小說的寫作有了更高要求。

選擇性增多，寬容度就要下降，也就是說，進入一九七〇年代，武俠小說創作面臨的挑戰，遠比二十年前要大得多。這個時候，老作家卻彼此抄襲、套用、自損羽毛，創作反而停滯不前，若論真正有意識突破者，不過古龍一人而已。

與此同時，台灣文藝界對武俠小說的鄙視、批評卻有所改變。從一九七五年起，社會輿論多以公允、持平的態度來評價「武俠文學」，甚至還鼓勵文藝界名人參與短篇武俠小說創作。

《中國時報》副刊《人間》在高信疆的策劃下，從一九七七年七月十七日開始，連續刊載了由當時文化名人執筆的十三篇武俠小說，分別是：陳雨航的《天下第一捕快云云》、段昌國的《落日照大旗》；銀正雄的《刺客》、唐文標的《劍只是一支》、孟南柯的《古廟》、金恒煒的《見龍在田》、葉言都的《妾擊賊》、忻易的《再入江湖》、羅青的《白衣劍大戰天魔幫之後》、陳曉林的《俠血傳奇》、顏昆陽的《過河卒子》、溫瑞安的《石頭拳》、毛鑄倫的《大俠郭解》。

其中除了溫瑞安是武俠小說新秀，已寫出了《白衣方振眉》系列和《四大名捕會京師》系列，其他都是從未寫過武俠小說的台灣詩人、小說家、評論家、學者，不是博士，就是教授。這次策劃美其名曰「當代中國武俠小說展」，更為配合短篇武俠小說創作，陸續刊載了七篇評論。

以這個陣容，溫瑞安參與其中，恐得益於他作為詩人的身分，畢竟一九七五年，溫瑞安已經出版了詩集《將軍令》。在台讀書期間，除了在《中國時報》、《現代文學雜誌》、《純文學月刊》發表散文、小說，溫瑞安詩作不斷，深得余光中、齊邦媛等人關注，他的第二本詩集《山河錄》就是由齊邦媛寫序，文中頗多讚揚。溫瑞安又創辦《青年中國》雜誌，約徐復觀、牟宗三、錢穆、韋政通、胡秋原、余光中、張曉風等文化名人寫稿，被視為新生代作家。

寫現代詩的詩人，撰寫武俠小說，溫瑞安並非頭一個。一九六一年，詩人方旗讀大學的時候，就以筆名陸魚寫過武俠小說《少年行》，書中有大量心理描寫，寫景時寓情於景，乃至用了意識流的技巧，被當時真善美出版社的出版人宋今人讚賞，特意寫了文章，稱其「寫人寫景，落英繽紛」。

書中的主人公哥舒瀚記起九月十七日夜時想道：「失去了你的痛苦，在還沒認識你以前，我就知道了！」

這完全是精彩的現代詩句，這種武俠小說現代化的探索，早于古龍不止十年，可惜沒能堅持下去。方旗出版的詩集《哀歌二三》、《端午》，內文編排直式齊尾，排版彷佛山脈橫走，啟發了後來圖像詩的思考。溫瑞安在小說中文字排列縱橫交錯，宛如圖像，濫觴自方旗。

據說，詩人周夢蝶在一九七〇年代偶然讀到《哀歌二三》，就把這本詩集推薦給余光中。余光中大為驚豔，在其著作《玻璃迷宮》中專門評價。其時，余光中和方旗素不相識，更未謀面。

方旗本名黃哲彥，台灣大學物理系畢業，純粹理科生，一九六四年赴美深造，獲美國馬里蘭大學物理學博士學位，並留美任教。至於留美多久，是否回到台灣，難覓資料。湖南文藝出版社一九八八年編選《當代台灣詩萃》，收錄有部分方旗的詩。

回到一九七七年，台灣正統文學界做出這樣的改變，對於轉型期的台灣武俠小說來說，無疑是一個信號，可惜當年的武俠名家，固步自封，媚俗成習，全部缺席。

臥龍生一九七三年到中華電視台當了編劇，後來獨孤紅也步臥龍生後塵進入電視台，大陸觀眾熟悉的台灣電視劇《一代女皇》、《怒劍狂花》皆為其編劇作品。一九七一至一九七六年，司馬翎、孫玉鑫、臥龍生、諸葛青雲、慕容美、柳殘陽、秦紅、獨孤紅、高庸、武陵樵子、南湘野叟、丁劍霞、東方英、蕭瑟等人陸續退隱，即使並非封筆，新作亦是寥寥。一九八〇年以後，雲中岳、司馬紫煙、蕭逸等作家調整寫作策略，漸次以武俠中短篇取代長篇故事，吸引了部分讀者，亦不過是西風殘照，強弩之末。

這亦是古龍一九七五至一九八五年獨撐台灣武俠小說大局的原因。後起之秀如溫瑞安、奇儒、蘇小歡，乃至香港的黃鷹、龍乘風等人，皆以古龍為師，卻是屈指可數，難現輝煌。

我和陳曉林先生相識於二〇一九年。彼時我將拙作《中國武俠小說史話》繁體字版權付與台灣風雲時代出版社，社長即為陳曉林。寫「武俠史」的書，能在當年武俠興盛之地出版，於我而言，堪稱因緣。陳曉林的文章我此前曾讀過不少，頗受啟發，嗣後微信飛鴻，時有交流，頗多興趣和觀點一致。本擬二〇二〇年面覿請益，孰料疫情不息，延宕至今，緣慳一面。

風雲時代出版社是今日台灣為數不多以出版武俠小說為主營的出版社，在武俠小說閱讀市場日漸萎縮時，苦苦支撐，源於陳曉林當年和古龍的承諾。

古龍曾不止一次當著很多文友的面，建議陳曉林設立一家出版社，主要出版有水準的武俠小說。古龍還承諾，若陳曉林出面主持出版社，他願意投資，並像金庸那樣花時間修訂自己的作品，且將所有代筆部分捨去，重寫未完成的部分。為了表明自己的認真，古龍還鄭重囑託，如果到時他真的忙不過來，希望對他作品諳熟的陳曉林，代他完成修訂。

陳曉林當時在報社工作，辦出版社會有利益衝突，被報社老闆否決。倏忽之間，古龍乘酒西去已三十餘年，陳曉林慨歎，當年在古龍府上淺斟低酌、衡文論藝的友人如高信疆、林清玄等好友，紛紛提早離席，更遑論那些大言炎炎的影視老闆、當紅明星？午夜夢迴，陳曉林的眼前仍不時浮現古龍書房中那副對聯：「古匣龍吟秋說劍，寶簾珠卷曉凝妝；寶靨珠瑠春試鏡，古韜龍劍夜論文。」終於，當陳曉林不再從事媒體工作，真如古龍所期望的那樣，創辦了風雲時代出版社，為武俠小說出版殫精竭慮，實踐著當初與古龍雖未明確敲定卻已默契於心的承諾。

古龍生前的版權非常混亂。古龍逝世後，其父熊飛立刻委託同居的張秀碧登記繼承古龍所有遺產。古龍逝世後與父親竟然以這種方式繼續糾纏，實在讓人慨歎。

後來，于秀玲又將古龍的著作授權萬盛、風雲時代等出版社，在大陸、台灣兩地出版，造成了版權歸屬的爭議。

再後來，古龍長子鄭小龍，提出侵權訴訟，並引發葉怡寬、熊正達、熊小雲等人一連串的繼承爭議，衍生多起繼承官司。

陳曉林多方奔走，所幸後來各方和解，共同成立古龍著作管理發展委員會，目前關於古龍作品ＩＰ權權利歸屬於「古龍著作管理發展委員會」，由古龍長子鄭小龍為全權代表，風雲時代出版社也合法地擁有了出版古龍小說的權利。陳曉林認真校對出版古龍小說的文本，同時也出版台灣其他武俠名家的作品，為曾經的「大武俠時代」留下紀念。

古龍與倪匡、三毛為好友，三人都對死亡有不可解處，卻又都認為人死後必有靈魂，只是人魂之間，無法突破障礙溝通。三人遂有了「生死之約」，約定誰先離世，其魂需盡一切努力，與生者溝通，以洞燭幽明。

沒有多久，古龍謝世。倪匡和三毛在古龍葬禮上，一面痛飲，一面仍念念有詞：「要記得這生死之約！」

世俗相傳，七七四十九天之後，是魂歸之日。古龍七七之期，倪匡和三毛燃燭以候，等古龍魂兮歸來。

結果，失望。

沒有多久，三毛也謝世了。

古龍逝前曾對于秀玲說：

「真對不起你，也對不起那些愛過我的女人。」

「只要你知道了，今後我們會生活得很快樂。」

可惜沒有今後了。

林青霞因拍古龍電影與古龍相識，她說，古龍死了以後，台灣有個小學生曾經問：「古大俠死去了，小李飛刀是不是也會死去？」

「小李飛刀成絕響，人間不見楚留香。」

只可惜，再也沒有今後了。

林遙，作家，現居北京。主要著作有《明月前身》、《中國武俠小說史話》等。

（本文寫作，涉及古龍小說版本相關資料來自程維鈞《古龍小說原貌探究》，使用了林保淳、趙躍利、陳昌傑諸先生提供的文字資料和圖片資料，承蒙陳曉林、許德成、顧臻三位先生接受採訪，提供史料，在此致謝！）

‧古韜龍劍論集三部曲‧

品鑒古龍—古龍名著 光焰萬丈
賞析古龍—古劍龍吟 名家會評
神交古龍—曠代古龍 天涯知己

策畫：**陳曉林** 編者：**秦懷冰/林保淳/盧亮廷/程維鈞**

作者：**龔鵬程/甯宗一/陳墨/南方朔/林保淳……**

名人熱血推薦：著名學者**龔鵬程**、著名學者**林保淳**、著名學者**甯宗一**、文化評論家**陳曉林**、武俠評論家**陳墨**、古龍長子**鄭小龍**

武俠名著，深入評析，古龍作品，逐一品鑒

獨特俠情魅力的古龍，華文世界的經典著作

- 特別收錄台灣、香港、內地古龍著作封面彩圖集結
- 收錄《古龍精品集》全導讀品評
- 獨家收錄未曾出版的中期名作導讀及相關總論
- 一代宗師古龍武俠小說論述集

古龍真品絕版復刻 5

失魂引(下)

作者：古龍
發行人：陳曉林
出版所：風雲時代出版股份有限公司
地址：10576台北市民生東路五段178號7樓之3
電話：(02) 2756-0949　　傳真：(02) 2765-3799
封面影像處理：許惠芳
執行主編：劉宇青
行銷企劃：林安莉
業務總監：張瑋鳳
出版日期：2022年10 月
ISBN ：978-626-7153-24-6

風雲書網：http://www.eastbooks.com.tw
官方部落格：http://eastbooks.pixnet.net/blog
Facebook：http://www.facebook.com/h7560949
E-mail：h7560949@ms15.hinet.net
劃撥帳號：12043291
戶名：風雲時代出版股份有限公司

風雲發行所：33373桃園市龜山區公西村2鄰復興街304巷96號
電話：(03) 318-1378　　傳真：(03) 318-1378
法律顧問：永然法律事務所 李永然律師
　　　　　北辰著作權事務所 蕭雄淋律師

行政院新聞局局版台業字第3595號 營利事業統一編號22759935

定價：320元　

國家圖書館出版品預行編目資料

失魂引 (古龍真品絕版復刻 4 - 5)／古龍著. --
臺北市：風雲時代出版股份有限公司， 2022.08
　冊；　公分.
　ISBN : 978-626-7153-23-9（上冊 : 平裝）
　ISBN : 978-626-7153-24-6（下冊 : 平裝）

857.9　　　　111009563